그 순간 문 열리는 소리가 났다

그 순간 문 열리는 소리가 났다

48개국 108명의 시인이 쓴 팬데믹 시대의 연시

김사인 외 107명 지음
요시카와 나기 · 요쓰모토 야스히로 옮김
이오아나 모퍼고 엮음

AIRBORNE PARTICLES

a renga poem

안온

코로나바이러스로 인해 지구상의 많은 사람이 집에 틀어박히게 된 2020년 3월의 어느 날, 영국에 사는 루마니아 출신의 소설가이자 문화인류학자 이오아나 모퍼고는 멋진 생각을 떠올렸다. 세계의 시인들이 코로나 상황에서의 고립과 격리에 대해 느끼고 생각한 것을 짧게 써서 이를 일본의 '연가連歌'처럼 한 편의 긴 시로 만들면 어떨까? 그리고 그 시가 여러 나라에서 번역되어 시집으로 나온다면 어떨까? 그는 아는 시인들에게 이메일을 보냈다. 거의 모두가 찬성의 뜻을 표하고 또 다른 시인을 소개해주기도 했다.

  같은 해 4월, 14세기 페르시아의 시성詩聖 하피즈Hafiz의 시를 서두에 놓고 이어 쓰는 '연가(연시) 프로젝트: AIRBORNE PARTICLES'가 이메일을 통해 시작되었다. 언어는 영어로 통일했다. 터키 시인 괵체누르 체레베이오루가 하피즈의 말에 화답하면서 첫 번째 시를 쓰고, 이오아나는 8월 중순에 100번째 시를 썼다. 그 후 한국 시인 여덟 명이 100명의 시에 대한 '답가答歌'를 보내는 것으로 이 프로젝트에 참여했다. 이렇게 마흔여덟 개 나라에 사는 108명이 한 편의 긴 시를 완성한 것이다.

일본에서 헤이안시대에 시작된 '연가'—연구連句라고도 불린다—는, 한 사람이 5·7·5의 17음절로 된 장구長句를 쓰면 다음 사람이 7·7의 14음절로 된 단구短句를 쓰는 식으로 장구와 단구를 번갈아 창작하면서 한 편의 작품을 만드는 공동 제작의 정형시다. 두 명 이상의 시인들이 이어서 쓰는데 서로 작품을 감상하고 의견을 나누며, 앞에 있는 시에 대응해서 자신의 시를 쓴다. 에도시대 이후에는 서른여섯 개의 시로 만드는 형식이 주류가 되었다.

연가는 복잡한 규칙 때문에 꽤 어려운 편이지만, 현대에는 규칙을 줄이고 자유시로 쓰는 '연시連詩'도 있으며, 두 명이 쓸 때는 '대시對詩'라고도 한다. 이 용어는 전통 연가의 모임에 나가던 오오카 마코토大岡信에게 다니카와 슌타로谷川俊太郎가 자유시로도 비슷한 것을 해보

자고 제안하면서 만든 말이다.

연시는 그들의 잡지 《가이檟》의 동인들에 의해 1971년에 처음 시도되었는데, 아무런 규칙 없이 해본 결과는 엉망진창이었다. 그 후에도 시행착오가 거듭되었지만 아직까지도 어떤 형식이 가장 적당한지 확답할 수는 없다. 우연이겠지만, 같은 해에 프랑스 갈리마르 출판사에서 옥타비오 파스 등의 시인이 참여한 4개 국어 시집 《RENGA》가 출간되었다. 이것도 말하자면 연시다. 오오카 마코토가 미국 시인 토머스 피츠시몬스 Thomas Fitzsimmons와 둘이서 영어 연시를 쓴 1981년 이후, 서구에서도 연시에 흥미를 갖는 시인들이 조금씩 늘어갔다.

한국에서도 신경림이 다니카와 슌타로와 대시를 시도하고(《모두 별이 되어 내 몸에 들어왔다》), 김혜순도 다니카와 슌타로, 요쓰모토 야스히로, 밍디明迪와 함께 '한중일 3개 국어 연시'(2015) 프로젝트에 참가한 바 있다. 모두 이메일을 주고받으면서 실시했다.

연가든 연시든 둘 이상의 시인들이 얼굴을 맞대고 하는 게 원칙이다. 밀실에서 하던 창작의 과정을 서로 마주보게 되면서 묘한 긴장감과 고양감을 만들어내는 것이다. 언어와 국경을 넘어선 연시는 더 황홀할 것이다. 물론 먼 곳에 사는 사람들이 참여할 때 온라인에서 진행하는 것은 어쩔 수 없을 것이고, 이번처럼 100명 이상이 참가한다면 한자리에 모이는 것은 불가능에 가깝다. 더구나 이렇게 많은, 게다가 대부분 서로 얼굴도 모르는 사람들이 써내려간 연시는, 파격적이라 할 수 있다.

일본인으로 유일하게 참가한 요쓰모토 야스히로는 현대 일본을 대표하는 시인 중 한 사람이다. 여러 나라의 시인들과 친교가 있고 영시를 일본어로 번역해서 소개하기도 한다. 그는 오랜 독일 생활을 마치고 2020년 봄에 돌아왔다. 그가 이 연시 프로젝트를 도쿄에서 한국 현대문학을 주로 번역해 펴내는 출판사 '쿠온'의 김승복 대표에게 제안하여 쿠온이 이 시집의 일본어판 《달빛이 고래등을 씻을 때(月の光がクジラの背中を洗うとき)》를, '안온북스'가 한국어판 《그 순간 문 열리는 소리가 났다》를 출간하게 되었다. 내가 이 책을 번역하게 된 것은, 일본어판의 영일 번역에 참여하면서 사정을 잘 알게 된 덕분이다. 한국어판과 일본어판의 작업은 거의 동시에 진행되었다. 연시 AIRBORNE

PARTICLES의 번역서는 아마 한국어판과 일본어판이 세계에서 가장 먼저 나올것이다.

다니카와 슌타로와 함께 연시를 창시했다고 할 수 있는 오오카 마코토는, 태평양전쟁 말기에 중학교 시절을 군수공장에서의 근로 봉사로 소모했다.

> 1970년대 초의 오오카는 패전을 초래한 광신적 군국주의를 혐오하는 동시에, 당시 힘이 있었던 좌익사상의 비인간적인 측면을 꿰뚫어 보는 안력도 가지고 있었다. 그 근본에는 틀림없이 '개인과 집단의 관계성'에 대한 통찰이 있었을 것이다. [……] 당파에 의지하지 않는 집단의 논리는 어떻게 가능할까? 그러한 물음 앞에 나타난 답이 연가며, 연시였다…….
>
> _오이 고이치, 《오오카 마코토―다리를 놓는 시인》 중에서

연시를 하려면 자신만의 개성을 발휘함과 동시에 다른 시인의 말을 이해하고 공감해야 한다. 남에게 전혀 통하지 않는 말을 써도 안 된다. 오오카에게 연시는 개인주의의 막다른 골목에 다다른 현대시의 돌파구를 찾는 모색이었을지도 모른다.

나는 달에 가지 않을 것이다

나는 영토를 갖지 않을 것이다

나는 노래를 가질 것이다

_오오카 마코토, 〈나는 달에 가지 않을 것이다〉 중에서

그렇게 노래한 오오카는 2017년에 "피와 땀으로 둘러싸인 지구의 해안에"(위의 시) 육체를 벗어 던지고 세상을 떠나버렸지만, 오오카와 다니카와에게 연시를 배운 요쓰모토는 지금 당장이라도 한국에 가서 시인들을 만나보고 싶어서 안달이다. 2021년은 그 꿈을 실현하지 못한 채 끝나버렸지만 조만간 현실로 이뤄낼 예정이다.

그럼, 자유롭게 왕래할 수 있는 날을 기다리면서 지구 곳곳에서 날아온 108번뇌를 나눠보시기 바란다.

2022년 1월 도쿄의 가장자리에서

요시카와 나기

차례

일러두기

· 모든 각주는 역주이다.

· 영어 시의 한국어 번역은 요시카와 나기 번역가의 것이다.

· 한국 시의 영어 번역은 요쓰모토 야스히로 시인의 것이다.

· 연시 일부의 낭독 영상을 큐알코드를 통해 감상할 수 있다.

네 고독을

너무 쉽게 놓지 말라

더 깊이 베어라

Don't surrender your loneliness

So quickly.

Let it cut more deeply.

하피즈 , 14세기 페르시아 시인

1부
세계 시인의 연시

그대의 숨결이

창

　　　너머로

흩어지는 것을

　　　　봤는데

1

당신의 턱에서 떨어지는 것은 피가 아니라 포도주

바깥에서는 새들이 지저귀고 있다:

세계는 지금 우리 것이다.

격리 중에도 당신은 언어를 가지고 있다.

그러니, 하피즈, 힘내세요, 세계는 없어도 언어가 있으니

설령 당신의 시를 이해해주는 이가 새들밖에 없을지

　라도.

괵체누르 체레베이오루,
터키 이스탄불

From your chin drips not blood but wine

As outside the birds warble:

The World is ours now.

In quarantine you have words.

So, cheer up, oh Hafız, for you had no world but words

Even if nobody understood what you wrote but the

birds.

Gökçenur Çelebioğlu is the author of several poetry collections, among which: *Handbook of Every Book*(2006) and *Rest of the Words*(2010), *With So Many Words On Your Back*(2012).

2

황조롱이와 뻐꾸기가 운다

급브레이크와 클랙슨 소리가 사라진 거리에서. 신호등
　이 빨간불을 점멸하며 바이러스 경보를 내고 있다.

하피즈, 그것은 혹시 당신이 보내준 암호인가요?

사람마다 다른 사본寫本의,

사람마다 다른 고독의 문을 여는 패스워드 아닌가요?

란지트 호스코테,
인도 뭄바이

I hear the kestrel and the koel calling in streets

emptied of screeching, braking cars. The stoplights

blink red, tapping out a virus alert.

Might that be a coded verse from you, Hafiz,

a password to a gate that we could each open

in our different scripts, our separate solitudes?

Ranjit Hoskote is an Indian poet, art critic, cultural theorist and independent curator. His collections of poetry include *Jonahwhale*(2018) and a translation of a fourteenth-century Kashmiri mystic-poet, *I, Lalla: The Poems of Lal Dĕd*(2011).

3

신은 인터넷에 앉아 사람들의 불면증을 구경하고
컴퓨터 속 서브월드들은 맹렬한 속도로 흘러간다.
모든 밤이 그러하듯 밤 시간은 숲이 되지만,
낮 시간은 유토피아와 구명부표 때문에 땀을 흘린다.
모든 사람을 위해 쓰는 시에 맞는 완벽한 말을 주세요,
고립을 공유하기 위한 새로운 언어를.

룩산드라 체세레아누,
루마니아 클루지나포카

God stays on the internet watching the human insom-
nia

as the subworlds in the computer drift at extreme
speed.

Nights are carbonized as all nights,

meanwhile days are sweaty because of utopias and
lifebuoys.

Give me the perfect word to match in a poem for ev-
erybody,

give me the new language for sharing seclusion.

Ruxandra Cesereanu is a member of the Centre for Imagination Studies(Phantasma) and director of the Creative Writing Workshops on poetry, prose and film scripts. She published eight books of poetry and seven books of fiction.

4

나무는 고독할까?

달빛을 받아 자신의 그림자를 윙윙거리는 땅에 드리
　울 때.

달은 천상에서 외로울까?

파도가 고래 등을 씻을 때.

솔리튜드는 애티튜드 있는 에튀드다

석가모니의 라우터가 보낸 우주의 와이파이를 탐지
　하는.

요쓰모토 야스히로,
일본 도쿄/독일 뮌헨

Is the tree alone

with its shadow cast by the moon on the humming

earth?

Is the moon lonely up there

when the waves wash the back of a whale?

Solitude is an etude with an attitude

to find the cosmic WiFi emitted from Buddha's router.

Yasuhiro Yotsumoto has published 13 books of poems, and several poetry translations, novels and literary criticism. The English translation of his poems, including *Family Room*, were published in Australia.

5

나는 창문에서 내려다본다,
얼어붙은 그림자 쪽으로 뻗은
어두운 계단을.
나는 벽의 의미를 묻는 여행 중인데,
이 여행은
두 가지 생각 사이의 침묵이다.

엘리사 비아기니,
이탈리아 피렌체

I look out the window down the dark stairs

towards the frozen shadow.

I'm on a journey

that questions the walls,

a journey that is

the silence between two thoughts.

Elisa Biagini has published several poetry collections among which *Nel Bosco*(2007), *The Guest In the Wood*(2013), *Da una crepa*(2014), *The Plant of Dreaming*(2017) and *Filamenti*(2020).

6

방에서 나와 텅 빈 발코니로 뛰어간다.

내 마음의 벽과 벽 사이를 뛰는 게 오늘의 운동.

뇌가 보낸 편지를 침묵의 언어에 배달하는 게 나의 무기.

이제 나는 혁명에 가담할 수 있다,

왕관을 쓴, 눈에 보이지 않는 독재자와 싸울 준비가 다
  됐으니.

메나헴 M. 페렉,
이스라엘 예루살렘

Running out of the room to the empty balcony,

Running between the walls of my mind, are my gym

exercises for today.

Collecting the letters from my brain into silent words

is my weapon.

Now I can join the revolution

ready to fight the invisible coronated dictator.

Menachem M. Falek is an Israeli poet and translator. He is the author of several collections of poems, among which *Jerusalove : selected poems 1973-2011*(2011).

7

형제여, 무슨 혁명을 논하는가?

항복하라. Inti biss Inti biss* —오직 이 사면의 벽만이

당신의 언어를 안다. 천장은 방음이 돼서

황조롱이나 솔개의 울음소리도 들리지 않고,

암호는 고대의 콥트어로 해독이 불가능하다—

보라—방바닥이 부풀어오른다. 고무보트가 지나간

 자리에.

아비가일 아델리 자미트,
몰타 리야

*   Inti biss | 몰타어로 '당신만'을 뜻한다.

Friend, which revolution do you speak of?

Surrender! Inti biss Inti biss—only these four walls

speak your language. The ceiling sound-proofed

against kestrel and kite,

the codes Coptic, undecipherable—

Look—the floor swells in the wake of a rubber boat—

Abigail Ardelle Zammit is from Malta and has had poetry published in a variety of journals. Abigail's poetry collections are Voices from the Land of Trees(2007), and Portrait of a Woman with Sea Urchin(2015).

8

고귀한 생명체에서 화석의 혈액을 짜낸 비열한 놈들이

머지않아 소멸할 행성의 악몽 속으로 리무진을 몰고

  있다

바다 밑의 땅도 이제는 질려서

고무의 원료를 분출하기 위해 입을 열지 않는다

뱃머리의 반짝임은 용기가 아닌 근엄한 주술사를 불러

  내고

페드로 라레아,

미국 버지니아/스페인

Rubber made of fossil blood that noble creatures

Were juiced for by ignoble critters who drive limos

All around a planet's nightmare doomed to last

Very little days and few disgusted oceanic crusts

Cut open for the rubberletting and the sailing glitter

Of a prow that no prowess provoked but a stern nec-

romancer.

Pedro Larrea born in Spain, 1981 is the author of three books of poems: *The Wizard's Manuscript*, *The Free Shore*, and *The Tribe and the Flame*. He is Assistant Professor of Spanish at the University of Lynchburg, Virginia.

9

그럼, 안에 있는 것보다 거기 있는 게 좋아요? 이런 밤
　에는
하피즈, 누구의 뇌를 선택하겠어요? 누구의 광기를
　안고
껴안고, 누구의 목소리를 비틀어서 당신 자신의 목소
　리로 만들 거예요?
마치 파이프의 물이 벽에 스며드는 것처럼. 당신의
　눈이 이 얇은 천장을 벗기는 법을 배우는 것처럼. 당
　신은 황조롱이를 찾다가
늘 부딪힌다, 깜박거리는 이상한 눈에.

앨리스 밀러,
독일 베를린/뉴질랜드

So would you prefer to be out there than in? Whose

brain

would you choose for a night like this, Hafiz—whose

madness

to hold close, closer, whose voice to twist into your

own as the water in the pipes turns

slowly in the walls, as your eyes learn to peel back

this thin ceiling, seeking kestrels, but always finding

these strange eyes blinking back?

Alice Miller born in New Zealand studied in the US and now lives in Berlin. She is the author of three poetry collections, most recently *What Fire*(2021), as well as a novel, *More Miracle than Bird*(2020).

10

우리는 깜박거리는 것밖에 못 할 것 같아요,

임시병원처럼 시체가 쌓이는 유람선의 묘지로

마지막 배가 떠난 뒤에는.

기적이 도시의 공기를 바꾸고 있어요.

거기서는 아무도 검사를 받지 않기에 양성인 사람도

　없죠.

하피즈, 숨이 막힐 때는 뭐가 보이나요?

마크 네어,
싱가포르

Blinking seems to be all we can do

in the wake of the last boat that has left, sailing

into a cruise ship graveyard, bodies stacked like make-

shift

hospitals, miracles ventilating in cities where

nobody gets tested, so nobody stays positive. Hafiz,

what do you see when you are gasping for air?

Marc Nair is a poet and photographer from Singapore. He has published and edited twelve books of poetry and is the co-founder and principal photographer of *Mackerel*, an online culture magazine. His latest collection is *Sightlines* (2019).

11

그리고 마지막 배가 떠나버리고

당신은 거기에 앉는다, 빨간색으로 표시된 교정지의

  오자처럼.

그리고 자신에게서 뻗은 길고 붉은 화살을 본다.

화살은 당신이 속해 있던 장소를 가리키고 있다, 공백

  이 된 그곳을.

카를리스 버딘스,

미국 세인트루이스/라트비아

And when the last boat has left

you sit there like a letter in a misspelled word

circled with red by the proofreader. And you see

a long red arrow stretching from you

to the place you belong. Which is now a blank space.

Kārlis Vērdinš is a poet and researcher at the Institute of Literature, Folklore and Art of University of Latvia. He is the author of five poetry collections and three books for children.

12

밀도 높은 공간이 세포처럼 분열한다. 모두가 정원을
　가꾸고 있다.
모두가 손뼉을 치고 그 박수가 또 다른 박수로 분열
　한다.
황조롱이가 연단에 서서 조언을 하는 새로운 밈.
당신은 스트롱보*의 마지막 캔을 따서
사냥꾼의 화살이 하늘로 향하게 만든다.

니키 아스콧,
영국 웨일즈

* 　스트롱보 | 영국에서 탄생한 사과주의 상품명. 화살을 쏘는 사냥꾼이 캔에 그려져 있다.

Filled spaces divide like cells; everybody is gardening.

Everybody

is clapping, each clap dividing into another clap.

A new meme circulates of kestrels

delivering advice from a podium.

You crack open the last tin of Strongbow

and tilt its huntsman's arrow towards the sky

Nicky Arscott's work has been published in *Poetry Wales*, *New Welsh Review*, *Nashville Review*, *INK BRICK*, *Berfrois*, *The Rialto*, *Aesthetica*, *The North*, and *in Flarestack Anthology*.

13

하지만 지금 우리의 하늘에서

당신은 떠다니는 구름,

창공을 좀먹는 궤양에 지나지 않는다.

지옥과 천국 사이에서 홀로

기억의 누더기를 걸쳐

자연의 노여움을 거두어들인다.

바실리스 판디스,
그리스 코르푸

But in our current sky

you are just a stranded cloud

an ulcer wounding the blue.

Alone now in this Limbo

wear the rags of memory

reap nature's rage.

Vasilis Pandis is a poet and translator. He has published three poetry collections.

Deep Chasm(2018), *Ionian Sequence*(2019) and *Prologue to Any Possible Future*(2021).

14

이주 노동자 몇천 명이 고향을 향해 행진한다—텅 빈
　고속도로에 울리는 배고픈 발소리가 아이러니를 강
　조한다—사회적 거리두기는 힘 있는 자들의 특권인
　모양이다.

어리석은 자들이 무방비 상태의 가난한 사람들에게 표
　백제를 뿌리고 두드려대고 접시를 깨뜨리고 종을 울
　리고 소라고둥을 불고 불을 붙인다.

자비의 카르마조차 감염시켜버린, 주술의 저주를 액땜
　할 작정이다.

하피즈, 우리는 꿈의 현현顯現을 언제 노래하면 될까
　요?

내 폐가 윙윙거린다. 금줄로 세공된 기관지를 피하려
　고 금속이 느리게 삐걱거리는 소리…….

나는 오로지 기도를 올린다. 그분이 무서워. 희망, 조
　심, 치유—우리 노래는 현재형.

수디프 센,
인도 뉴델리

In thousands, migrant workers march home—hungry

footsteps on empty highways

accentuate an irony—'social distancing', a privilege

only the powerful can afford.

Cretins spray bleach on unprotected poor, clap, bang

plates, ring bells, blow conches, light fires

to rid the voodoo—karuna's karma, infected. When

shall we sing our dream's epiphanies, Hafiz?

My lungs heave, slow-grating metallic-crackles strug-

gle to escape the filigreed windpipes—

I persist in my prayers. I'm afraid of Him. Hope, heed,

heal—our song, in present tense.

Sudeep Sen's prize-winning books include Postmarked India: New&Selected
Poems, Fractals: New&Selected Poems|Translations 1980-2015, and Kaifi Azmi:
Poems|Nazms.

15

행복한 자들은 무척 위험하다. 그러니 우리는 행복하
  자—
노래를 부르자, 우리를 부드럽게 으스러뜨리는 행복한
  하늘 밑에서.
가장 사랑스러운 죽은 이의 꿈을 꾸자,
부스러지는 인류처럼 하늘이 심약해져 절망할 때
우리는 하늘이 꿈꾸는 것을 바라보자.

라두 반쿠,
루마니아 시비우

Happy beings are extremely dangerous. So let us be happy—

let us sing under the happy sky which crushes us so tenderly,

let us dream our most beloved dead,

let us be what the sky dreams of when it feels as fragile&desperate

as the humans it crushes.

Radu Vancu is a writer, scholar and translator. He has published eight books of poems, a novel, a diary and six books of critique and literary theory. He has translated from the works of Ezra Pound, John Berryman and W. B. Yeats.

16

우리는 벽을 밀치고
희생자를 셈하는 표시를 지워버린다
그리고 맥박 치는 하늘이 보이는 창을
언어로 만든다
우리는 목숨으로 폐를 채우고
저승사자 혈관 위에서 춤을 춘다.

로하 차만카르,
미국 텍사스/이란

We push back the walls

And erase the tally marks

And build a window of words

With a view of the sky's beating pulse

We fill our lungs with life

And we dance over the veins of Death.

Roja Chamankar is a Persian poet and filmmaker. She has published nine books of poetry in Iran, and translated two collection of poems from French into Persian. Her most recent poetry collection is *Dying in A Mother Tongue*(2018).

17

자가격리는 성장의 문제

돌투성이 산에 핀 꽃이 땅 구멍을 찾는 것처럼.

소크라테스를 생각하라, 그는 평생 아테네를 떠나지
  않았다.

그리고 성 요한 클리마쿠스*와 '천국의 사다리'를,

아니면 양팔을 펼쳐 세계 전체를 품에 안은 '십자가 위
  의 그리스도'를 생각하라.

자가격리는 수직의 목적이 지지 혹은 숙명을 의미할
  때 이루어진다.

츠벤타카 엘렌코바,
불가리아 소피아

---

*   성 요한 클리마쿠스(Joannes Climacus, 579~649) | 천주교의 성인. 시나이산에 은
    둔하며 수도 생활을 했다. 저서로 《천국의 사다리》가 있다.

Self-isolation is a question of growth

as flowers on the mountain surrounded by stones look

for a hole in the ground.

Compare Socrates, who never left Athens,

John Climacus with his Ladder of Divine Ascent

or Christ on the Cross embracing all the world with his

outstretched arms.

Self-isolation is when the purpose of vertical is a sup-

port or fate.

Tsvetanka Elenkova is a poet, essayist and translator. Her poems are published in seventeen languages and two of her books(*The Seventh Gesture* and *Crookedness*) are published in England, France, Serbia, Spain and USA.

18

위를 향한 라인, 아래를 향한 라인, 교차하는 라인, 가
  이드라인, 헤드라인.
라인들이 나를 내 대문의 손잡이와 대결시키고,
정원 문에 수렴되지만 나는 그 문도 믿지 못한다.
내 신발조차 의심스러운 판에. 나는 조심스레
쇼핑을 간다. 공중을 떠다니는 비말을 피하면서.
소크라테스여, 하피즈여, 예수여, 이제 이 모든 고난을
  멈추어주소서.

호라티오 모퍼고,
영국 브리드포트

Lines up and down, lines across, guidelines and head-

lines

turn me against the handle to my own front door,

converge on a garden gate I no longer fully trust.

Even my shoes are not above suspicion. I'm careful,

out shopping, to step between the airborne particles.

Socrates, Hafiz, Christ let this be over please.

Horatio Morpurgo is a poet, essayist, and environmental campaigner. He is the author of several books among which *Lady Chatterley's Defendant and Other Awkward Customers*(2011) and *The Paradoxal Compass*(2017).

19

그런데 집에 와서 예기치 못한 소속감의 형태를 발견
  했다
온라인 파티 때 웃으며 내 얼굴을 들여다봤더니
절친한 친구들이 같은 행동을 하고 있는 게 아닌가.
친근한 미소를 함께 나누며……
평소에는 거울 속 내 눈에만 비쳤을
그런 미소를.

후안나 에드코크,
영국 글래스고/멕시코

And yet back home I find an unexpected form of be-

longing

as I glance, smilingly, at my own face at a virtual party

with my dearest friends doing the same:

sharing, together, our most intimate smile—

the one usually reserved

for the mirror's eyes only.

Juana Adcock is a poet, translator and performer. She was born in Mexico in 1982 and has lived in Glasgow since 2007. Her English-language debut, *Split*, was awarded the Poetry Book Society Winter Choice for 2019.

20

한때는 외부 세계라는 게 있었다. 그곳은 내 감정을 위
  한 학교였다.

감정들은 설령 내 말은 듣지 않아도 학교에서 배운 것
  은 믿는다.

나는 그들을 친구에게 소개하지 않는다―그들은 예의
  가 없으니까.

나에게 자식이 있었다면 이렇게까지 감정에 휘둘리지
  않았으리라.

그래서 나는 일요일마다 그들을 내 애인 집에 보냈다.
  그녀가 만든 요리를 그들은 좋아했으니까.

에페 뒤엔,
터키 이스탄불

There was an outer world once. A school for my emotions.

They believe what they've learned there not from me.

I don't introduce them to my friends – they don't know how to behave.

If I had kids maybe I wouldn't become obsessed with emotions.

So I sent them to my lover on Sundays, they like how she cooks.

Efe Duyan studied architecture and philosophy, and currently teaches architecture and modern Turkish poetry in İstanbul. His poetry collections are *Takas*(with Kemal Özer, 2006) and *Tek Şiirlik Aşklar*(2012), *Sıkça sorulan sorular*(2016).

21

나랑 '티켓 투 라이드' 할래?

파란색, 빨간색, 노란색의 작은 기차를 이용한 보드게
   임이야.

내 기차에서 미시시피강이 보여. 시베리아의 오브강,
   핀란드의 리강도.

모든 것이 비슷하게 멀고 비슷하게 생생해. 나는 강에
   관한 책, 물에 관한 책을 읽고 있어.

이중 유리창 사이에 갇힌 거미가

방 안의 나를 본다, 창밖의 자작나무를 본다, 밝은 초
   록색의.

리나 카타야뷔오리,
핀란드 헬싱키

Would you play Ticket to Ride with me?

It is a game with blue and red and yellow little trains.

I see the river Mississippi from my train. Now I see the river Ob in Siberia, and the river Ii in Finland.

All equally far, all equally alive. I read about rivers, I read about water.

I see a spider between two window panes.

It sees me here in my room, it sees the birch tree outside. Light green.

Riina Katajavuori is a Finnish writer and poet whose poems have been translated into thirty languages. Her latest collection was *Maailma tuulenkaatama*(2018), and her fourth novel *Kypros*(2021).

22

실직한 내 손을 본다,

현실은 더 현실적이고 감촉은 한층 강해진다,

'그 시절'에서 온 그리운 노래나 냄새나 각진 모양처럼.

현재와 '그 시절' 사이에서, 어젯밤 여기에 그려진

모든 안전선 사이에서. 그것은 아득히 먼 별자리 같다.

김이 서린 내 창문에서, 내 부두에서 보면.

라데크 코비에르스키,
폴란드 카토비체

I look at my unemployed hands,

Real became more real, more touchable

Like an old song, scent or angular form from "then"

Still feel between now and "then", between all securi-

ty lines

Drawn here last night. It looks like a distant constella-

tion

From my steamy window, from my dock.

Radek Kobierski is a poet, novelist, literary critic, columnist and photographer. He has published six volumes of poetry(*Niedogony, Rzeź winiątek, We dwójkę płyną umarli, Południe, Lacrimosa, Drugie ja*) and three novels(*Wiek rębny, Harar*, and *Ziemia Nod.*)

23

여기에는 '그 시절'도 '다시'도 없다.

미래 없는 존재의 틀 속에 다양한 '지금'이 있을 뿐.

나의 모든 '지금'의 의미를 잴 수 있다면

그것을 남은 세제에 담그고

내가 신뢰하는 상표를 알아봐주세요, 의미 있는 접촉
  의 기억을

내 손에서 씻어내기 위해.

멜리자라니 T. 셸바,
말레이시아 수방자야

There is no "then" or again

only many versions of "now" in this futureless frame

of existence.

If all my nows could be measured for meaning,

hold it against the last litre of detergent

study the brand I trusted, to wash my hands of

the memory of purposeful touch.

Melizarani T. Selva is a poet, journalist and poetry educator. Her first book titled
Taboo(2015) made Top 10 Best-Seller List on Malaysia. Presently, she runs Kuala
Lumpur's leading monthly poetry event, and teaches performance poetry.

24

하지만 자유에 관한 집단기억을 씻어낼 '세제'는 없다.
 이 '황무지'는
강제수용소가 되어버렸다. 영업시간 제한으로 이동의
 자유는 억압되고
사람들은 특별한 격리시설에 갇혔다.
확성기가 뿌린 공포의 바이러스가 SNS을 통해('극적
 으로') 확산된다.
그것은 '과거'에 늘어선 판잣집 사이를 순회하는 경비
 견처럼 건물 입구를 지킨다.
우리의 '오늘'과 '내일'은 프로파간다의 신들이 발표할
 것이다.

데안 마티치,
세르비아 베오그라드

But there is no such "detergent" that can clean collective memory of freedom, in this *Waste Land*

turned into a concentration camp, where freedom of movement has working hours

and people are imprisoned in special camp-quarantines.

The virus of fear is released from the speakers and it spreads ("dramatically") fast through social media,

patrols in front of the building entrances like guard dogs between the barracks, in the "past".

Our "today" and our "tomorrow" are what the gods of propaganda will announce.

Dejan Matić is a poet and one of the founders of NGO 'Treći Trg', and editor of literary magazine *Treći Trg*. He is the author of a poetry collection *Between thirty three and death* (2013).

25

시간은…… 멈춰 있지만 여전히 탄력적이다. 누가 오
늘이 며칠이냐고 물으면 나는 당황할 것 같다, 무슨
뜻인지 몰라서. 지금이 가장 잔인한 달 사월이었던
가?
이제 프로파간다의 신들이 우리에게 가르칠 것이다,
내일이 '그날'이라고. 재개하고 되찾고 회복하라면서.
아직 취소하고 놓아주고 잊어야 할 게 많은데.

나디아 미프수드,
프랑스 리옹/몰타

Time—stilled, yet so elastic. Were you to ask me

what day it is, I might fumble, uncertain of

what you mean. Was April the cruellest month?

Now the gods of propaganda would have us believe

tomorrow's "the day"—urging us to resume, repos-

sess, redress,

when there's still so much to undo, unleash, unlearn.

Nadia Mifsud is a poet and translator. She is the author of two poetry collection, *Żugraga*(2009), *Kantuneira 'l boghod*(2015). She is based in France.

26

그래, 오늘이 며칠이야? 계속해봐. 어떤 오월이 온다고?

어떤 항복이, 홀쩍거리는 강의 어떤 붕괴가, 어떤 하품
　소리의 합창이 온대?

불머스의 사과주라면[디지헌터야, 배달해줘서 고마
　워]뭐든 좋아.

욕망의 탄력을 파악하기 위해 큰 소리로 물어보자, 그
　속에서 어떤 사과가 팽창하고 있느냐고.

우리는 안다, 누가 아무것도 모르는지, 한 손으로 독
　미나리의 꽃다발을 쥐었을 때의 소리를 누가 아는
　지…… 조용!…… 문손잡이가 돈다, 당신을 위해.

그레그 콜러,
미국 텍사스

What day is it then? Go on. What May is it that comes,
what may?

What surrender, what crush of river whine, what or-
chestral yawn?

More whatever blessed Bulmers then [thank god the
Dizzy Hunter delivers] and

Let us aloudly wonder *What apple swells inside to
grasp the elasticity of desire?*

We know who knows nothing, who knows the sound
of one hand clasping

A bouquet of hemlock...... Listen...... the door handle
turns for thee.

Greg Koehler is a poet, ethicist, and silvicultural worker from Wisconsin and Texas,
USA. He is the author of *Tiny Ceremony* (2014).

27

블랙버드가 뜰에서 두 번째 알을 품고 있다.

비둘기, 참새, 푸른박새는 각자의 몸집과 서식지에
　따라

뽐내며 걷고 깡충깡충 뛰고 하늘을 날아다닌다. 실내
　에서는 총리가

보이지 않는 나뭇가지에 앉아 있다. 그는 우리에게만
　말한다, 이게 당신들의 뜰이라고.

찬바람을 맞으며 되돌아가는 노동자들의 모습 또한　눈
　에 보이지 않는다.

조지 시르테스,
영국 노펙

The blackbirds in the yard are on their second clutch of

eggs.

The pigeons, sparrows, and blue-tits strut, skip and flit

as becoming

to their size and station. Inside we have a prime minis-

ter

perched on an invisible branch. He speaks to us alone.

This is your yard,

he tells us. Workers return in the cold wind. They too

are invisible.

Born in Hungary in 1948, George Szirtes published his first book of poems, The *Slant Door*, in 1979. In 2018 he was shortlisted for the Man Booker International Award for his translation of Krasznahorkai's *The World Goes On*.

28

오월 중순인데 태양이 벌써 다르다

선로 위에는 열여덟 명의 토막 난 시체

배고파서 그만 잠이 든 것이다, 이 깊은 밤에

화물열차가 치고 간다, 코로나는 훨씬 뒤처져 있다

선로 옆에서 여자아이가 태어나고, 엄마는 12마일 더
　걸을 것이다

사비타 싱,
인도 델리

Mid May already the sun is not the same

Eighteen bodies in pieces on the railway tracks

Too hungry to walk simply fell asleep, deep is this
night

A freight train runs over, Corona still far behind

A girl child is born on the roadside, the mother still
walks for another twelve miles

Savita Singh is an award winning feminist poet and social theorist writing both in Hindi and English. She has four collections of poems and numerous works in feminist theory.

29

더는 머물 필요가 없어

나와 함께 그 '동산'으로 돌아가자

그곳에서는 새들이 다른 노래를 부른다

회개하라! 사랑하는 자여,

돌아오라. '당신'은 분명 듣고 있으리라

가브리엘 로젠스톡,

아일랜드 더블린

we need not stay

return with me to the Garden

birds there sing a different tune

teshuvah! they sing, return

beloved, surely You hear

Gabriel Rosenstock is a poet, translator, novelist, playwright, essayist. Recently he has published six volumes of ekphrastic tanka as free books, the latest of which is *Secret of Secrets*.

30

나는 양손으로 냉수를 떠서 꿀꺽꿀꺽 마실 것이다
수돗물이 좋다
마시면 마실수록 더 맛있다
그러면서 깨닫는다
현실의 맛과
덧없는 것의 맛을

자도크 알론,
이스라엘 예루살렘

I will be gulping chilled water from the palms of my

hands

tap water which I savour

and drink on and on and savour even more

and through this comes my awareness

to the flavour of reality

and the ephemeral

Zadok Alon is an Israeli writer and poet. He holds a PhD in philosophy from the Hebrew University of Jerusalem. He has published various books of poetry, prose, and contemplation.

31

100권이 넘는 책을 볼 시간도 있다
노래도 50곡 넘게 실컷 부를 수 있다
그러고도 만나서 사람들이 보는 앞에서
키스할 시간이 남을지도.
어때요? 이걸 전부 다 하면
22세기가 좀 빨리 올까요?

올자 사비체비치,
크로아티아 코르출라

We can still find the time to read a hundred or so books

Burst into song about fifty times

We might still even find time to meet

And kiss in front of everyone

What do you think—if we did all that

Would the 22nd century come any sooner?

Olja Savičević is a Croatian novelist, poet and playwright. She is a winner of the Grand Prize of the Druga prikazna Macedonian Literary Festival in 2018, the T-Portal Award for Best Novel in 2011. *Mamasafari*(2018) is her most recent collection of poems.

32

자신의 생각을 믿지 마요.

당신 속 작은 세계는 약해지기에는 너무 커요

경계선을 찾아도 건너갈 수 없을 거예요

끝도 시작도 없으니까

당신은 떠 있을 테니, 헤엄쳐봐요

미카엘 밴드브릴,
벨기에 앤트워프

Don't believe what you think

This small world that lies inside you is too big to fail

Looking for borders you will never cross

Because there is no end and no beginning

You are floating, so swim

Michaël Vandebril's poetry collection—*Het vertrek van Maeterlinck*(2012) was awarded the Herman de Coninck Debut Prize. Since 2002, he has been in charge of Antwerp City of Books.

33

그리고 이 세상에 정말 작은 것은 존재하지 않아요.

한밤중의 애무, 자궁 속 건강한 발짓, 당신의 치아, 밥
한 공기, 그 어떤 것도.

고맙다고 말해보세요. 그 노래로 당신의 고독을 잘라
버려요.

무명 시트, 지붕, 당신의 호흡…… 방금 잉크의 마지막
방울이 떨어진 이 펜도.

솔레 볼페,
미국 로스앤젤레스

And nothing's too small—

a midnight touch, a healthy kick inside the womb,

teeth in your mouth, a bowl of steaming rice.

Say it: Gratitude. Cut your loneliness with its song.

The cotton sheets, roof, your breath... even this pen

on its last stretch of ink.

Sholeh Wolpé is an Iranian-American poet and playwright. Her most recent works include *The Conference of the Birds* and *Keeping Time With Blue Hyacinths*.

34

두 잔의 포도주 밑바닥 깊이 가라앉은 고독 — 빨간
  말馬과 하얀 말.
모든 것이 겉보기와 다르다, 다 가지고 있는데 나눌 사
  람이 없을 때.
곧 비가 오고 문이 닫힐 것이다 — 처음부터 안에 있지
  않고서야 다른 사람은 들어올 수 없다.
두 잔의 포도주, 병 속의 검은 말 — 지금 나는 다 가졌
  는데 나눌 사람이 없다.

아리안 레카,
알바니아 티라나

Profound is solitude in two glasses of wine—a ruddy horse and a white horse.

Nothing is as it seems to be, when you have it all and no one to share it with.

Soon it will rain and the doors will be shut—those inside are in, no others will make it.

Two glasses of wine, a black horse in the jug—I now have it all, but no one to share it with.

Arian Leka is the author of fourteen books of poems, short stories, novels and children's literature. Arian Leka has received several grants and prizes at home and abroad, including the prize of the Albanian Culture Ministry.

35

비가 갠 뒤 벌판 쪽을 내다본다.

그 순간, 나는 고독을 떨쳐버렸다:

풀밭에서 나비가 나를 기다리고 있었기에.

나는 나비를 쳐다본다, 그것이 날갯짓을 멈추고 가만
　히 있기를 기다리며.

그러면 아무 일도 일어나지 않을 것이다,

이 행성의 반대편에서도.

누노 주디스,
포르투갈 리스본

After the rain I look ahead in the field.

Suddenly, I'm no more alone:

a butterfly waits for me, in the grass.

I look at her, waiting she keeps quiet,

without flying—so that nothing changes

on the other side of the planet.

Nuno Júdice is a Professor of Literature at the Universidade Nova in Lisbon. He published his first poetry book in 1972, followed by many others and was the recipient of several renowned poetry prizes.

36

하늘이 회색이니 오늘은 비가 오겠다. 비를 즐기자, 꽃
  피는 인동 덤불처럼. 하늘로 뻗은 구불구불한 가지
  가 기도를 올리고 있다. 곧 오순절이 온다. 공포와 고
  독을 떨쳐버리자. 유배는 이제 질색이다. 신선한 공
  기. 기분 좋은 아침 산책. 내 발도 마음도 행복하다.
내 마스크는 빙그레 웃고 있다. 그래, 내가 마스크에
  웃음을 붙였다. 스쳐 지나가는 당신을 위해.

도이나 이오아니드,
루마니아 질라바

The sky is grey, it's going to be a rainy day. Enjoy it like a blossoming honeysuckle shrub. Long curly branches stretched out to the sky in prayers. It will soon be Pentecost. Get rid of fear and loneliness. Enough of this exile. A breath of fresh air. A good walk in the morning. Happy feet, happy heart.

My mask is smiling broadly. Yes, I've put a smile on it. My smile for you, passer-by.

Born in Bucharest, in 1968, Doina Ioanid is a poet and a translator from french to romanian. Since 2005, Doina Ioanid has been working as senior editor for *The Cultural Observer*, a leading Romanian cultural weekly.

37

공기는 추억처럼 투명하고 새로운 새들이 우리의 마음을 사로잡아도 우리의 유배 생활은 끝나지 않는다. 그동안 우리는 어느 때건 거친 강을 건너갈 수 있게 되었다. 폭풍이 불 때도, 날씨가 좋을 때도, 하늘이 어두워지거나 황사로 누렇게 보일 때도. 지구의 아름다움과 소통하는 비밀의 미로가 있다, 거기에서는 짐승도 나무도 인간도 자취가 묘연하지만. 우리를 갈라놓을 수 없다, 우리는 생명의 모든 호흡 속에 존재하니까. 우리는 우리를 곤경에 몰아넣으려고 하는 이들의 눈에 보이지 않으니 벌거벗고 수천 개 태양처럼 밝게 춤출 수 있다. 소리 없이 이쪽에서 저쪽으로 움직이는 발의 성스러운 불꽃을 나눌 수 있다.

미셸 카시르,
프랑스 파리/레바논

Even if the air is transparent as memory and if new subtle birds haunt our minds, our exile is stubborn as never. It taught us to cross the savage rivers at any moment through stormy or peaceful weathers, darkness or yellowish visions. We have a secret labyrinth that communicates with the earth beauty, where animals, trees and human beings are elusive. No way to impose us social isolation, we are present in any breath of life. As we are invisible to those who guide us into distress, we can dance nude and bright as thousands of suns. We can share the sacred fire of our feet travelling silently from one to the other.

Michel Cassir has published more than twenty books of poetry and prose. He has been the director of the poetry collection *Levée d'ancre—Editions L'Harmattan* since 2001.

38

호숫가 언덕을 깊이 자르는 추운 봄에
나는 철제 난로 앞에 웅크린다,
그가 6개월 동안 여기서 했던 것처럼.
이번에는 내가 난로와 함께 있다,
불꽃 속으로 풀어지면서

이리나 마신스키,
미국 로즈밸리/러시아

In the cold spring, cut deeply into this hill by the lake,

I crouch in front of the cast iron wood stove, just like

he did

in the six months he had here.

Now it's me and the fire,

the action unfolding in flames.

Irina Mashinski is the author of ten books of poetry in Russian. Her work has been translated into several languages. Her first two books in English, *The Naked World* and *Giornata*, are forthcoming.

39

이른 아침, 텅 빈 거리.

군인, 경찰, 체크포인트, 긴장감.

나의 개는 격리를 모른다. 탈출을 꿈꾸며

우리는 천천히 공원으로 밀항한다—뒤편 숲에서

사슴이 우리를 신기하게 보고 있다. 꿩에, 토끼에,

우리는 진정한다, 가까스로.

브라네 모제티치,
슬로베니아 류블랴나

it's early in the morning and empty streets,

soldiers, police, check-points, all tension

my dog has no sense for isolation, we try to escape

slowly we smuggle to the park... and the forest be-

hind

deer are watching us curiously, pheasants, rabbits,

we are calm... finally

Brane Mozetič(1958) is a Slovenian poet, writer, editor and translator, best known as
an author of homoerotic literature. His oeuvre extends to fifteen poetry collections,
three novels and six children's picture books.

40

뒤쪽 수풀에서 애들이 뛰쳐나온다
깜빡 잊고 있었다, 여섯 살도 안 되는
애들이 거기서 바이러스 놀이를 하고 있는 것을
그들은 모두가 쓴다는 이유만으로
수술용 마스크를 쓰고 있다
그래도 겁먹지 않고 천을 통해 노래한다

안드레아 그릴,
오스트리아 빈

children with swift feet jumping from behind

the bushes, we entirely forgot the children

not even six years old, playing: I-wanna-be-a-virus-too

wearing surgical masks for no other reason but

'cause everyone does;

and still: they are not scared, they sing through the

fabric

Andrea Grill obtained her doctorate from Amsterdam University, where she specialized in the evolution of endemic butterflies in Sardinia. She publishes poems and prose, most recently *Das Schöne und das Notwendige* and translates from Albanian and Dutch.

41

에티켓에 대해서. 나는 친구나 모르는 사람의 손에서
내 손을 얼른 빼는 꿈을 여러 번 꿨다
악수가 금지된 것을 깜빡 잊고 있던 것이다
잠에서 깨어나도 살결의 감촉이
내 손바닥에 남아 있다
잊고 싶은 과거의 기억처럼

손,
아이슬란드 레이캬비크

of etiquette. it has entered my dreams: again and again

I retrieve my hand from the hands of friends and strangers

when we accidentally forget the rule of no hand-shakes

and I wake up feeling the touch of human skin

lingering in my palm like the unwelcome memory

of an old embarrassment

Sjón is the author of the novels *The Blue Fox*, *The Whispering Muse*, *From the Mouth of the Whale*, *Moonstone*, and *CoDex 1962*, for which he won several awards. He has also written lyrics for various artists, and was nominated for an Oscar for his lyrics.

42

손가락이 여섯 개 있는 그의 손을 무심코 쳐다보고 있
   다. 계란 파는 사람의 백반증.

아는 사람들과 모르는 보따리장수들 때문에 내 쇼핑백
   이 가득 찼다. 아름답다는 느낌이 당돌히 덮쳐 나는
   울고 싶고 무릎을 꿇고 싶다, 모두에게 각각 세 번씩
   감사하기 위해. 라루, 아버지, 칼라파. 지킬 규칙의
   순서를 잊었다. 너무 가까이에 간다, 꽉 껴안아버린
   다. 한낮에 건너가지 못하는 균열을 따라 걷는 사람
   이 나밖에 없다. 손에서 손으로 전해지는 구겨진 지
   폐, 화폐의 흐름, 익은 과실.

쓴맛이 나는 박. 도로를 매운 카시아.* 양손에 넘치는 피.
   그것들이 나에게 몰려든다, 모두 홀로 죽어가면서.

삼푸르나 차타지,
인도 타네

*   카시아 | 콩과의 나무 이름.

I catch myself staring at his 6-fingered hand. At the other's leukoderma as he handles the eggs.

Known men, unknown vendors, their itinerant bounty fills my open sacks. Deranged by sudden

beauty, I want to weep or kneel, to thank each person thrice. Lalu. Abaji. Kallappa. I have forgotten the sequence of obedience. I stand too close, hold too hard.

At noon I am the only walker along unbridgeable gaps. What changes hands is the crush of notes, the currency of lines. Ripened fruit.

Bitter gourd. Amaltas all over the roads, blood all over our hands. They crowd me, each dying, alone.

Sampurna Chattarji is a poet, fiction-writer, translator, teacher and editor. Her nineteen books include her collection of Bombay Stories, *Dirty Love*(2013) and the poetry-sequence, *Space Gulliver: Chronicles of an Alien*(2020).

43

나의 벗, 고독이여,

그대는 지금도 이 낡은 집에서 나와 함께 사는가?

오늘 아침 빈방에 들어가

그대의 숨결이 창 너머로 흩어지는 것을 봤는데

아르잔 후트,

네덜란드 레이우아르던

Loneliness, my friend,

are you still here in this old house with me?

This morning I walked into the empty room

and saw your breath disappear from the window

Arjan Hut is a Frisian-language writer. His most recent collection, *Aurora Bossa Nova*, came out in 2016. In 2005 he was made the first poet laureate of the Frisian capital city, Leeuwarden.

44

친구여, 우리는 늘 혼자다, 고독조차 없이……
우리는 전체 인류를 구성하는 분자에 지나지 않는다.
　'거대한 해킹'은 우리의 팔을 닫고 또 열지만 사라지
　는 것은 사라진다,
소리가 깊은 곳에서 건물의 등뼈처럼 울리고
건물들이 그 뿌리를 가지고 대지를 허공으로, 허공을
　대지로 밀어붙이는
그런 곳에 다시 나타나기 위해.

마리아 그라치아 칼란드로네,
이탈리아 로마

My friend, we are always alone without loneliness—

molecules of a total human being. The Great Hack

has closed and opened our arms-doors, but what dis-

appears disappears

to reappear where the sound of things is deep

like backbone of buildings, which press

with roots the earth and the void, void and earth

Maria Grazia Calandrone is a poet, playwright, journalist, performer, teacher and radio broadcaster. She is the author of numerous books, among which *Pietra di paragone, La scimmia randagia, Il bene morale* and *Giardino della gioia*.

45

요즘 나는 같은 악몽에 종종 시달린다

늙은 어머니가 사라진다 사라져버린다

소리들이 깊은 곳에서 다시 나타나기 위해

아들아, 이리 좀 와보렴—어머니가 부르신다—봄의
　소리를 듣고

마당의 꽃향기를 맡아보라고.

내가 대답한다, 엄마, 못 하겠어요, 나 마스크를 쓰고
　있거든요

이반 흐리스토프,
불가리아 소피아

lately I've often had the same bad dream

my elderly mother disappears disappears

to reappear where the sound of things is deep

come here, my son—she tells me—to hear the spring

to smell the flowers in my garden.

I can't, mother—I reply—because I'm wearing a surgi-

cal mask

Ivan Hristov is a poet and literary researcher. He is the author of *Farewell, Nineteenth Century, Bdin, American poems, The Sagittarius Circle and the Idea of the Native and A Dictionary of Love*. He currently works at the Institute for Literature at the Bulgarian Academy of Sciences.

46

우리는 여론을 형성하거나 적어도 그 주변에 있고 싶
　은데
여론은 우리 손가락 사이에서 자꾸 빠져버린다, 마치
　존재의 결핍이 주는 거리, 사실, 숫자, 열성적인 연설
　처럼
구두점이 우리를 매끄럽게 나누고
호밀빵의 반죽만이 체념의 참뜻을 통해서
우리의 모든 것을 배우려고 하고 있다

실라 하즈날 나기,
터키 이스탄불

we try forming an opinion or at least ourselves around

it

but it keeps slipping through our fingers like every dis-

tance and fact and number and heated speech given

by the

lack of presence—punctuation divides us seamlessly

while

sourdough is the only one learning everything about

us

by seeing what giving up truly means

Csilla Hajnal Nagy was born in Slovakia as a Hungarian minority. Her first book was awarded the Makó Medallions award for the best poetry debut of the year in Hungary. She is currently based in Istanbul.

47

기억 속 저녁놀을 홀로 걷고 있다,

아스팔트 감촉을 느끼면서 또 희미해지는 빛을 받으면서.

먼 곳에서 잠든 아이들을 쓰다듬고 자장가를 부른다.

저 멀리서 타인의 의식에 접속하는 방법을 배우고 있다.

고독의 잔은 깊고 허무하다.

하피즈, 일어나세요. 프로파간다의 신들이 오고 있어
  요!

누노 아기레,
스페인 마드리드/남아프리카공화국 프레토리아

I walk alone under the setting sun—in a memory—
feeling the touch of tar, receiving the fading light.

I caress my children in their sleep, miles away, I sing
for them.

I'm learning how to access other consciousness in the
distance.

Deep and ephemeral is the cup of solitude.

Hafiz, wake up: the gods of propaganda are upon us!

Nuño Aguirre has taught at university level since 2009, and researches in the fields
of contemplative writing, decolonial studies and comparative literatures of the
South. He is the author of two poetry collections: *Itinerarios* and *Refugios*.

48

정말이에요, 여기 방들이 나를 먹고 있어요
밤마다 자물쇠 구멍이나 창을 통해
기어 들어오고 있어요
새벽이 올 때까지 말이에요
마침내 하늘의 문이 열리기 시작해도 나는
그것을 열어젖힐 힘이 없을 것 같아요.

제인 드레이콧,
영국 옥스포드

I swear these rooms are eating me

night by increasing night, out there

creeping in at the keyholes and lintels

till on the day that dawn arrives,

the sky's door at last ajar, I'll not

have the strength to push it open.

Jane Draycott's Carcanet Press collections include *The Occupant*, *Over*(TS Eliot Prize

shortlist) and her prize-winning translation of the 14th century dream-vision *Pearl*.

49

그 늙은 사기꾼 '시간'은 드디어 너에게 잡혔다.
곧 비가 쏟아질 것이다, 마치 수갑을 풀고
정신병원에서 도망 나온 것처럼. 빽빽한 책장에서
책 그림자가 눈살을 찌푸린다. 이 고독이 기도라고 해
　도 하느님이 딱하게 여기기에는 너무 시끄럽다. 그곳
　을 헤엄쳐보자. 천사들의 시야를 벗어나.

앨빈 팡,
싱가포르

Now that old fraud Time is in your custody.

Soon the rain comes free as if uncuffed

from a madhouse. The shadows of books

frown from thronging shelves. This solitude

is a prayer too loud for God's pity. Try

to swim in it, out of view of the angels.

Singaporean poet and editor Alvin Pang has been published in more than twenty languages worldwide. His latest books include What *Happened: Poems 1997-2017*(2017) *and Uninterrupted Time*(2019).

50

꿈속에서 나는 개가 되어 발돋움한 채 핥고 있었다.

당신의 입술, 목, 귀……

아침이었고 내 전화는 여전히 연결되어 있었다.

당신은 잠을 자고 있었다—젖은 채, 축복받으며,

당신의 이름을 발견하고 나는 20연에 뛰어들었어요

그리고 맹세했지요, 다시는 빈 침대로 돌아가지 않겠

다고

마다라 그런트마네,
라트비아 리가

dreamt that I was a dog

on tiptoes, softly licking your lips, neck, ears

in the morning my phone was still on.

You were sleeping in it—wet and blessed

I found your name and jumped into stanza 20

and promised myself never to go back in my empty

bed

Madara Gruntmane is a poet and pianist, and works as a producer for cultural events. Her first collection of poems *Narkozes*(2016) received the Annual Latvian Literature's Reader's Choice Award.

51

벽을 지켜보는 눈동자 안에 있는

창백한 네 모습

벽 걸이 거울에 비친 창백한 이미지

귓가에서 울리는 생각의 잡음이

고정관념을 조금씩 만들어가고

견고한 고독과 동화된 키보드로 그것을 타자한다

알레산드로 미스트로리고,

이탈리아 베니스

a pale image of yourself inside this eye

   with the bulb fully focused on the wall

hanging mirror's neat reflection while

   certain thoughts' noise humming ears

are stereo-typing bit by bit on this key-

   board merged in a stark solid solitude

Alessandro Mistrorigo(Venice, 1978) is Professor at Ca' Foscari University of Venice. He is the author of monographs, essays, translations and scientific articles. *Quel che resta dell'onda*(2008) and *Stazioni*(2018) are his two poetry books.

52

고독이 너무 견고해서, 하피즈,
이 느리고 끝없는 일요일에
금과 비단의 옷을 차려입은 미인이
창가에서 하염없이 울고 있어요,
아무도 봐주지 않을 것 같아서.

마리아 도 로사리오 페드레이라,
포루투칼 리스본

so solid, my dear Hafiz, that

on this slow and never-ending Sunday,

Beauty sits by the window

in her gold and silk and satin clothes

and desperately weeps

because no one will see her.

Maria do Rosário Pedreira was born in Lisbon, Portugal. She has a degree in Modern Languages and Literatures and has worked in publishing since 1987. She writes poetry, fiction, songs and articles for newspapers.

53

그리고 그녀는 내 집의 문을 두드린다.
숱한 단어와 시를 몸에 걸치고
북동풍처럼 노크한다.
나는 문을 열어주지 않는다―그것은 금지되어 있으
　니까.
나는 나를 둘러싼 두꺼운 벽에 기대고
죽어간다, 인생을 헛되게 보내면서.

이마누엘 미프수드,
몰타 젭부즈

Yes, she then knocks at my door,

dressed in so many words, so many lines.

She knocks like the wind from the north-east.

But I do not open—I'm not allowed.

I rest against the very thick walls that surround me.

I waste my life dying.

Immanuel Mifsud is a poet and a novelist born in Malta in 1967. Among his many books are the poetry collection *Fish* and the novels *Jutta Heim and In the Name of the Father*—winner of the EU Prize for Literature 2011.

54

이게 끝나면 나는 남은 인생을 아름답게 살 거야. 위
험한 여자로. 꼭 살 거야. 두 살짜리 아이의 목소리
가 들린다. 많이 죽었어. 아이는 강에서 썩는 오소
리, 민들레에 묻힌 짜그라진 들쥐, 길을 건너지 못한
고양이, 바위틈의 웅덩이에 빠진 어린 까마귀에 대
해서 말한다. 하지만 세계가 듣고 있는 것은 그 목소
리가 아니다.

지금 우리는 이국의 바람이, 사나운 혀를 놀리고 우리
고막에 부딪히는 소리를 듣고 있다.

우리는 가만히 있다, 호흡마다 죽음이 있는 것을 알고.

시안 멜란젤 다피드,
영국 웨일즈

I will be beautiful for the rest of my life after this. I will be dangerous, I will be. The voice of a two year old says, Many things have died. He speaks of the badger rotting into the river, the flat mouse in the dandelions, the cat who didn't cross the road and the baby crow, soaked and still in a rock-pool. But this is not what the world hears.

We hear foreign winds against our eardrums, in all their raging tongues,

today. And we hold ourselves, knowing that death is in every breath.

Siân Melangell Dafydd is a Welsh novelist, poet and translator. In 2009 she won the National Eisteddfod Literature Medal for her first novel, *Y Trydydd Peth*(2009).

55

바람은 새를 나르는 숨결
새는 동사動詞, 날아다니면서 깨닫게 해준다
말을 잃은 우리를 우리에게서 격리할 때
우리의 언어는 가장 이국적이라고

이오르고스 홀리아라스,
그리스 아테네

The wind is the breath which carries the birds

that are verbs reminding us in mid-flight:

The words we speak are most foreign to us

if we isolate a wordless self from ourselves

Yiorgos Chouliaras is a Greek poet, essayist, prose writer, and translator, honored by the Academy of Athens for his innovative writing and his work in its entirety. He has been elected twice President of the Hellenic Authors' Society.

56

40번의 낮과 40번의 밤에 나는 서재에서 불침번을 선다.

억지로 책상 앞에 앉아 소멸하려는 내 노력을 정연한

 시로 번역하면서.

내 애인은 지금도 교묘히 나를 피한다.

나는 양피지를 한 장 더 구겨서 사자에게 먹인다.

그는 언어나 고집스러운 애인 같은 것을 즐겨 먹는다.

 공작새는 숱한 단어를 걸친 머리를

내 무릎 위에 눕히고 있지만, 나는 개의치 않는다.

무스탄시르 달비,
인도 뉴 판벨

for forty days and forty nights. I keep vigil in my study,

circle in square, persevere at my desk, translating my efforts

at annihilation into coherent verse. My Beloved remains elusive.

I crumple yet another parchment and feed it to my lion—

eater of tongues and intransigent lovers. The peacock lays its head

in my lap, dressed in so many words, but I am not distracted.

Mustansir Dalvi is a poet, translator and editor. His books of poems in English are *Brouhahas of Cocks*(2013), *Cosmopolitician*(2018) and *Walk*(2020). Mustansir Dalvi was born in Bombay. He teaches architecture in Mumbai.

57

우리 몸에는 찢어진 세계의 상처가 있다

팬데믹의 낙인이 찍힌 채 기도를 올린다

오직 숨 쉬는 나무들로 인해 우리도 숨 쉴 수 있다

포기할 수 없는 희망으로 인해 우리는 그날을 맞이한다

마거릿 세인,
미국 로스앤젤레스

Our bodies display the wounds that tear up the world

Our bodies pray stigmatized by the pandemic

We breathe only thanks to the breath of trees

We greet the day thanks to unquenchable hope

Margaret Saine was born in Germany and lives in southern California, USA. She has published books in America, Germany, Canada and Spain. She has been writing haiku/senryu in five languages every day since 2009.

58

우리에 관한 진실이 우리를 능가한다,

크고 작은, 어두운 순간들의 총체로서의 진실이.

혀가 꼬인 입이 이질성 속에서 고요한 세계를 찾는다.

침묵이 맥박 친다. 봄이 쪼개진다,

어린애의 허약한 손가락이 쪼개는 오렌지처럼.

알렌 베시치,
세르비아 노비사드

We're surpassed by the truth about ourselves,

this sum of big and small dark moments.

Our tongue-tied mouth reaches for the world

serene in its otherness. Silence pulsates. Spring is

cracked open like an orange by the feeble fingers of a

child.

Alen Bešić is a poet, literary critic, essayist, and translator from English. He is the author of several poetry collections: *The Cut in Filigree*(1999), *The Manner of the Smoke*(2004), *A Naked Heart*(2012) and *The Chronicle of Trifles*(2014).

59

더 많은, 맥박 치는 침묵을 위해.

목숨을 빼앗지 않는 것은 상처만 준다는 뉴스가 있었다.

그것을 믿는지 나는 나에게 물어본다.

자주 빗속에 서서 그게 현실인 것처럼 느끼기 시작한다.

맥박 치는 그 침묵. 모든 공백이 퍼즐처럼 이어져서

간호사의 모습으로 나타난다.

마투라,
에스토니아 렐레

For still more silence that pulsates.

What doesn't kill you, just hurts, it was said on the news.

I ask myself if I believe that.

I've stood in the rain so often that it starts to feel real.

That silence that pulsates. All the vacancies connected like a puzzle with an image of a nurse.

Mathura is an Estonian writer and artist, recipient of several Estonian literary awards. He now lives with his family and two cats amidst the marshlands of central Estonia.

60

처음에는

졸리면 아무 데나

누워서 잤는데

이제 꿈이 돌아오지 않는다.

나는 텅 빈 무덤 속에서 홀로 운다.

잠들지 못해서.

에릭 응갈레 찰스,
영국 웨일즈/카메룬

At first

wherever sleep caught my eyes

I made my bed,

now my dreams no longer return,

alone I weep in an empty grave,

restless.

Eric Ngalle Charles is a Cameroon-born writer and actor based in Wales. He holds a Creative Wales Award from the Arts Council of Wales for his research into migration, memory and trauma. His most recent work is the Wales Cameroon anthology *Hiraeth-Erzolirzoli*.

61

이웃한 다차*에 사는

두 소녀가

각자 자기의 트램펄린 위에서 날뛰면서

동경의 눈길을

서로에게 던진다.

마리나 보로디츠카야,

러시아 모스크바

* 　　다차 | 러시아의 시골 주택.

Two little girls

on two neighbouring dacha plots

jumping up and down on their trampolines

throw longing glances at each other

across the fence.

Marina Boroditskaya is a Russian poet and translator of English verse. She has published eight poetry collections, as well as numerous books for children. Her programme on Radio Russia, Literary Pharmacy, stayed on the air for 21 years, 1997 to 2018.

62

나와 이웃 사이에 놓인 나무 울타리는

자신을 사랑하는 것처럼 이웃을 사랑하는 데 좋지만,

나는 나를 멀리하는 것처럼 그들을 멀리한다.

비뚤어진 폐기물과 끊어진 암호 속에서

자석의 손으로 추출되고

신에게 바쳐진 나를 멀리하는 것처럼. 남는 것은 걸어

　가는 빛뿐.

조던 A. Y. 스미스,
일본 도쿄

Through the wooden slats that make good neighbours

All the better to love them like thyself,

But I shun neighbours like I shun the Self

Extracted by these magnet hands,

In wind-up scraps and broken code,

offered up, what remains: a light that walks.

Jordan A. Y. Smith is a writer, professor, and literary translator living in Tokyo. Currently serves as Editor-in-Chief of Tokyo Poetry Journal. His latest publication is a poetry volume called *Syzygy*.

63

인기척 없는 거리에서
마음은 빛과 빛 사이에서 메아리를 끌어내고
지켜본다, 침묵이
사랑에게 무릎을 꿇는 모습을

나탈리 핸달,
미국 뉴욕

In the empty streets,

hearts pull echoes between lights,

and witness silence

surrender to love

Nathalie Handal was born in Haiti and raised in Latin America, France, and the Arab world. She is the author of several books of poetry, including *Life in a Country Album*(2019), *The Republics*(2015), *Poet in Andalucia*(2012) and *Love and Strange Horses*(2010),

64

푸른 태평양을 위한 푸른색에 무릎을 꿇는 모습

그리고 다시 노래를 부를 시간:

나는 천사한테 이 크레용을 받았어요

언뜻 본 것 같기도 해요,

그의 날개를

빌 만하이어,
뉴질랜드 웰링턴

to blue for the blue Pacific

and time once again to sing:

an angel gave me this crayon

I think I glimpsed

his wing

Bill Manhire was New Zealand's inaugural Poet Laureate, and the founding director of the International Institute of Modern Letters at Victoria University of Wellington. His most recent book, *Wow*, was published in 2020.

65

꼭 붙잡아라, 아니면 종이 위에서 외쳐라, 지나간 기
  회, 애인, 적에 대해서.
여러 단계: 첫째, 하이쿠로 쓰기에는 엄청나게 큰 헛소
  리가 아닌가 하는 의혹
둘째, 사라진 문자들의 빛과 그림자
셋째, 고립은 특권과 다름없다(그게 무슨 지혜나 될
  까?)
그리고 열거된 손실이 즉석으로 파도를 형성한다
오늘의 깎아지른 절벽을 완만하게 하기 위해

로베르트 프로서,
오스트리아 알프바흐

cling or cry on paper about past chances lovers cities
or foes

the different stages: first suspicion of a fuckery too
massive for any haiku

second flashes and shadows of missing letters

third isolation equals privilege (what kind of wisdom is
that?)

and listed losses form an improvised wave

to soften todays terrific edge

Robert Prosser was born in Tyrol. He is a writer, performer and art projects curator.
He lives in Alpbach, Austria.

66

이 무지막지한 절벽에 서서
나는 구명 밧줄을 가다리고 있다
우리 집 천장에 있는 새들이
울어대는 희망의 노래가 귓가에 울린다
그러니, 친애하는 하피즈, 나는
쉽게 내 고독을 포기하지 않을 거예요

응네엔 응튜베,
카메룬 야운데

On this terrific edge I stand

Waiting for a lifeline

As birds in my ceiling

sing hope in my ears.

So, dear Hafiz, I won't

surrender my loneliness so quickly

Nnane Ntube is a poet and performer. Her poems have been featured in leading magazines and online platforms such as *Spillwords Press*, *Tuck Magazine*, *Writers Space Africa*.

67

나는 알아요. 바닥이 없는 당신의 눈에서 솟아나오는,

한 글자 한 글자씩 늘어지고

당신의 상냥한 입 쪽으로, 가슴 쪽으로 기어가는 고

　독을.

소금. 갈망하는 자신의 몸을 맛보세요

흔들리면서, 결정이 깨지고, 빛나는 몸을.

입을 벌리는 사막, 제비꽃.

시몬 잉구아네즈,
몰타 나시샤르

I see your eyes bottomless, welling up

: solitude hanging letter by letter, crawling

towards your tender mouth, your chest.

Salt. Taste your yearning body

swinging, crystals crunching, shining.

A yawning desert, violet.

Simone Inguanez is a Maltese author and poet. She has published two collections of poetry—*Water, Fire, Earth, and I*(2005) and *Part Woman Part Child*(2005).

68

먼 나라의 사막, 검은 북, 마른 나무줄기.

낡은 고독은 벌거벗고 저주받고 사악하다.

새 나라의 도시, 상냥한 바이올린, 반짝이는 은막.

새로운 고독은 아늑하고 축복받고 싱그럽다.

내 속의, 내 주변의, 나를 위한 고독은 피할 수 없다.

수배 명단 살아 있든 죽어 있든…… 한 사람만의 지명
  수배.

밀란 도브리치치,
세르비아 베오그라드/독일 뤼벡

The desert in faraway lands, black drums, a dry tree trunk.

The old solitude—naked, damned, evil.

The city in a new land, gentle violins, a shiny silver screen.

The new solitude—cosy, blessed, fresh.

In me, around me, for me—solitude, unavoidable.

Wanted, no matter dead or alive—wanted alone.

Milan Dobričić was born 1977 in Belgrade, now Serbia, back then Yugoslavia. Published several poetry and prose pieces, with titles suggesting an investigation of man as a human being, defining him in the end as a "blessed loser".

69

사막이란 흐리멍덩하게 노란 일루미네이션을 뜻한다.

지루한 일상의 등뼈를 기어 내리는 칼끝……

우리는 그것을 이번 여름의 맛으로 받아들였다.

우리 숨결이 빈랑나무* 밭의 올빼미다.

수브로 반도파디아이,

인도 노이

*   아시아 일부 지역, 남아메리카와 아프리카 일부 지역에서는 빈랑나무의 열매(빈랑
자, betel nut)를 씹는 습관이 있다. 이 열매에는 각성 효과가 있으며 약재로 쓰이기
도 한다.

Desert means a thick yellow illumination.

The tip of a knife that crawls down the spine of the quotidian—

we accepted it as the taste of this summer.

Our breath is an owl in the betel plantation.

Subhro Bandopadhyay is blind to images and deaf to music, pure carnivore and a lover of the feline family, an ardent admirer of dramatic landscapes, lives on an overdose of Hispanic culture, and is essentially a bilingual poet.

70

나날이 바깥으로, 또 안쪽으로 펼쳐진다
나는 창유리에 붙은 작은 거미를 지켜본다
나는 외롭게, 또 끈질기게 살 것이다
나의 거미줄을 치면서

프란체스카 크리첼리,
아이슬란드 레이캬비크/브라질/이탈리아

The days unfold inwards as outwards

and I keep my eyes on a tiny spider

outside my windowpane, I strive to be

as lonely and persistent as I weave my web

Francesca Cricelli is a poet, translator, and teacher. She was born in Brazil to a family of Italian immigrants, and grew up in Malaysia, India, Spain, Italy and Mexico. Her collection of poems *Repátria* was published in 2015.

71

격자창으로 들어오는 고독의 바람……

침묵하기 위한 말하기의 형식. 당신은 커튼을

닫고 또 연다…… 일상적인 폐의 팽창과 수축, 호흡의
　팽창과 수축.

내면 풍경에서 외부 풍경으로, 사적인 것에서 사회적
　인 것으로.

세계는 상처 난 한쪽 무릎을 꿇고 웅크리고 있다.

제임스 번,
영국 리버풀

Solitudinal air through the window grills—

a form of speaking to unspeak. You flap

the curtains closed, open—all this daily

expanding and contracting of lung, of breath.

Inscape to outscape: private then social,

the world bending on its one grazed knee.

James Byrne is a poet, editor and translator. He is the author of the poetry collections *Everything that is Broken Up Dances*(2015), *White Coins*(2015), and *Blood/ Sugar*(2009). Byrne is a senior lecturer in Creative Writing at Edge Hill University in England.

72

거울을 쳐다보는 시간이었다

—정지한 나날로 여행의 베일이 날아갔다—

거울에는 두개골과 날개가 비치고, 시는

틀에 매달아서 표면에 떠오르려고 버둥거렸다.

그때 기도가 아픔의 창턱을 넘고, 불사조의

새장을 열었다, 언어를 고독에서 풀어주기 위해.

징고니아 징고네,
이탈리아 로마/코스타리카

It was a time to stare at the mirror

—the veil of travel blown away by static days—

skulls and wings reflected, the poem

struggling to surface, clinging to the frame.

Then prayer crossed the sill of pain, unlocking

a phoenix's cage, to free the word from solitude.

Zingonia Zingone writes in Spanish, Italian, French and English. Her *Collected Poems* are found in *Songs of the Shulammite*(2019). Other books in English are published by Paperwall Media & Publishing.

73

비아워비에자 숲*은 괴링의 지배 밑에서 우거졌다.

모든 캔버스는 영원히 격리되어 있다.

과거는 이제껏 있었던 적이 없다.

사람들이 사라진 뒤 신이 다시 이 세상을 지배한다고

케냐의 마사이족은 믿는다.

감옥의 쇠창살을 넘으면 아무도 안전할 수 없다.

요르단 에프티모프,
불가리아 소피아

---

*   비아워비에자 숲 | 폴란드와 벨라루스의 국경에 걸쳐 있는 원시림. 나치의 고관 괴링
     은 히틀러 밑에서 산림장관을 지내기도 했다.

The Białowieża Forest flourished under Göring's control.

All canvases are perpetually quarantined.

The past has never been before.

When the people are gone, God his possessions regains,

the Maasai believe in Kenya.

No one's life is safe beyond the prison bars.

Yordan Eftimov is a poet, writer, literary critic and radio broadcaster. He is the author of several poetry books among which *Metametaphysics*(1993) which won the National Debut Prize and the popular science book *Modernism*(2003).

74

오늘 알았다, 팔을 들어 올린 자작나무에 떨어진

수정같이 맑은 빗방울 때문에 집단의 영혼이 깨어날

　수도 있다고

그런데 자작나무가 다 회초리가 되는 우리 마을에서는

사람들이 아무리 물을 마셔도 갈증이 해소되지 않는다

잉가 가일레,
라트비아 리가

I found out today that the collective soul can be wo-
ken up

by crystal clean rain drop over the birch's arms raised

up,

yet in our village all birch trees grow into whips

and people drink more and more, not being able to

soothe their thirst

Inga Gaile is a poet, prose writer, spoken-word performer, playwright and translator. She has published five books of poetry, her latest— *Lieldienas*(2018) and a book of poems for children *Can the Back Row Hear Me?*(2014).

75

나에게 맡겨진 날개의 먼지를 밤마다 털었다.

언젠가 영혼을 가진 사람들의 영광을

하늘 위에서 내려다보는 꿈을 꾸며. 그러면 엄마가 와

  서 내 열을 재고

"네가 네 몸에 돌아왔구나"라면서 안아준다.

셀라하틴 요르기덴,
터키 이스탄불

every night, I dusted the wings that were commend-
ed to me,

the dream of flying one day, to see the glory of the
souled ones

from above. then my mom used to come and check
my fever,

saying "you have returned to your body, my child" and
she'd cover me.

Selahattin Yolgiden is a poet, editor, translator. He has seven poetry books and five
poetry awards. His poems have been translated into more than ten languages. He
is the father of Beatrice and Poe.

76

저는 사막을 헤매고 있어요.

하피즈, 당신을 찾아서요.

먼지가 내 눈에 들어와서

눈물의 파도를 타요.

하지만 저는 쉽게 포기하지 않고

내 고독의 암호를 해독할 언어를 찾겠습니다.

로 메루즈,

미얀마(로힝야족)/방글라데시

I wander deserts

In search of you, Oh Hafiz.

Dust particles enter my eyes,

Surf my tears.

Yet I won't surrender so quickly

To find the words that decipher my loneliness.

Ro Mehrooz is a Rohingya poet, translator, and computer programmer. His poems have been featured in *I am a Rohingya: Poetry from the Camps and Beyond, Modern Poetry in Translation, Borderlines: Poems of Migration,* and *No, Love is Not Dead: An Anthology of Love Poetry from Around the World.*

77

반짝이는 날개의 질풍

튤립의 눈을 튕기는 혀

따로 노는 후각과 시각

나는 군중 속에 홀로 있고

이 고독은 활기차게 설레고 있다

와카스 크와자,
미국 애틀랜다/파키스탄

gale of glittering wings

a tongue flicks the tulip's eye

scent and sight unbind

I was alone in the crowd

this solitude thrills with life

Waqas Khwaja has published four collections of poetry and edited anthologies of Pakistani literature in translation. He is the Ellen Douglass Leyburn Professor of English at Agnes Scott College.

78

다락방의 더위. 그러나 밤은 어느새
가까이 와 있다―우리는 어떻게 기억할까,
여름이 오지 않으면 좋을 텐데
와버린 올해를.
사막 같은 고요함 속에서, 때는
삼월에서 칠월로 미끄러져 들어간다.

리처드 오브리언,
영국 버밍엄

Heat in an attic room, and the nights already

drawing in—how will we remember

this year when it was more convenient

for summer not to come, and yet it did?

As still as in a desert, time

glides seamlessly from March into July.

A winner of the Foyle Young Poets of the Year Award 2006 and 2007, Richard O'Brien's publications include *The Emmores and A Bloody Mess*. He works as a Teaching Fellow in Shakespeare and Creativity at the University of Birmingham.

79

나비와 꽃이 만들어내는
시간의 흐름, 칠월
또는 삼월, 축제를 벌이거나
나체를 과시하거나 한다, 그런데 나체가 아니다,
숱한 임시 은둔자들 앞에서도
동요하지 않으니.

메이푸 왕,
대만 타이베이/미국 시애틀

Butterflies and flowers forge

the flow of time, July

or March, feasting or

flaunting nude, but not nude,

unfazed by millions of

human hermits ad interim.

Meifu Wang is the editor and co-translator of *21st Century Chinese Poetry*. She received the 2013 Henry Luce Foundation fellowship for Chinese poetry translation for a residency at Vermont Studio Center.

80

시간을 잊고, 시냇물 위에서 날갯짓하며 왈츠를 추고,

도시의 규환에서 멀리 떨어져,

정원 속 햇빛과 노래의 홰에 앉는다

보금자리에 뿌려진 씨를 쪼아 먹는 새처럼,

황금보다 값진 미와 자유의 꽃잎에

키스하는 날개를 가지고.

아요 아욜라 아말,
가나 아크라/나이지리아

Not aware of time, waltzed above a stream,

flapping its wings, free from the screams of cities,

then rested on a beam in the garden's splendour of

sunshine and of song

like a bird in a nest pecking at spilled seed,

with wings that kiss the petals of flowers,

of beauty and freedom, more precious than gold.

Ayo Ayoola-Amale is acknowledged as a poet for positive social change. Her poems are concerned with confronting the problem of violence, racism and the breakdown of human community.

81

사실, 시간을 취소할 수는 없잖아, 안 그래?

이동도 대화도 접촉도 못 하는 이 상황이

어떻게 보면 행복의 색다른 형태인 것 같기도 해.

솔직히 말하면, 우리 모두가 속으로 그것을 원했던
  거지.

방금 무당벌레가 와서

발끝으로 서서 빙 돌다 날아갔다.

미로슬라브 키린,
크로아티아 자그레브

The truth is—I can't cancel time, can I?

It feels now like an odd form of happiness

Not being able to move, to speak, to touch.

Frankly, we all desired it, deep inside.

Amid writing this a ladybird came,

Spun on her tiny toes and—flew away.

Miroslav Kirin(1965) is the author of ten volumes of poetry, an autofictional novel, a book of microessays on the found photographs, and a children's picture book.

82

있는 것은 시간이 아니라 시계다. 시작도 없다…… 이
　시는 내가 태어나기 전에 시작했다.
끝도 없다…… 이 시는 그날까지 쭉 이야기하고 또 이
　야기될 것이다……
오그라라 수족('미국의 원주민')출신 친구가, 사람은
　죽지 않는다고 한다,
그 사람을 아는 사람들이 다 죽을 때까지는.
"바지에 댈 헝겊 크기의 푸른 하늘만 보여도 그날은 좋
　은 일이 있어."
돌아가신 어머니가 날 볼 때마다 말한다, 고조모가 그
　렇게 말씀하신다고.

크레이그 추리,
미국 펜실베이니아 월크스배리

There is no time only clocks. No beginning... this poem began before I was born.

No ending...... this poem will keep speaking beyond and be spoken until......

My Oglala Sioux friends ("the original people") believe that a person doesn't die

Until the last person who can remember anything about that person dies.

"If there is enough blue in the sky to patch a man's pants it's going to be a nice day."

My dead mother continually says her dead mother's grandmother says when we see.

Craig Czury is from the coal mining region of NE Pennsylvania and currently lives in Scranton. He is the author of *Postcards&Ancient Texts*, and *American Know-How: A Self Improvement Manual*.

83

멀리 생각하는 것보다 깊이 생각하는 게 좋다

그리고 평지에 살 때는

산을 향하여 눈을 들리지 않는 게 좋다*

아니면 넘기는 게 좋다,

이야기의 진행을 늦추는 풍경 묘사 같은 나날의 페이

　지를.

아기 미솔,

이스라엘 크파르모르데차이

* 　성경 구절 "내가 산을 향하여 눈을 들리라 나의 도움이 어디서 올까"(시편 121:1)의
　패러디.

It's better to think deep, not far

and not lift up mine eyes unto the hills

when I live on the plain

or page through the days as though

they were nature descriptions

delaying the plot.

Agi Mishol is the author of twenty books of poetry. Among her literary awards: the Tel Aviv Foundation Award(1991), the inaugural Yehuda Amichai Poetry Prize(2002) and the Lerici Pea Prize(2014).

84

창문을 열고 느끼고 싶어요, 산들바람을.

비록 당신의 손끝은 아니지만 이상하게 불안해진 요즘
　세상에서는

그래도 고맙지요. 벌써 유월, 하짓날이 지나고

올해도 벌써 끝을 바라보고 있지만, 우리는 태어난 순
　간부터 그렇게 살아왔지요.

지금 믿을 수 있는 것은 오랜 친구인 물, 빛, 산들바람
　이외에 무엇이 있겠어요?

제니 루이스,
영국 옥스퍼드

I like to sit in the room with an open window and be touched

by the breeze; not your touch but still welcome in this strange

disquieted world. It's June, past solstice, the year already looking

towards its end as we all do, from the moment we're born; who

can we trust now but old friends: water, light, breeze.

Jenny Lewis is a poet, playwright, and translator. Her first book of poetry is *When I Became an Amazon*(1996), followed by three further collections, *Fathom* and *Taking Mesopotamia* and the award winning *Gilgamesh Retold*.

85

내일이 또 온다고 했지만
그 내일이 오늘이다
그리고 아무도 숨을 쉬지 못한다
처음에는 농담인 줄 알았어
칠월은 멀었는데 이제 칠월이다
우리는 어디로 가고 있는 거야?

라울 지멜리,
카메룬 크완자

they said tomorrow was another day

but tomorrow is today

and no one can breathe

it sounded like a joke at the beginning

July was far away but today is July

where are we going to?

Raoul Djimeli is a writer and cultural activist. He directs the publication of the literary magazine *Clijec Mag* and chairs the African Festival of Emerging Writings. He co-directed the poetic project Ashes and Memories on the Anglophone crisis in Cameroon.

86

나는 나에게 세 가지 질문을 했다. "만약 내가 하피즈

　가 아니라면, 나는 누구인가?

내가 하피즈에 지나지 않는다면, 나는 토막 친 간肝이

　아닌가? 그리고

왜 지금 에트로그* 한 개를 먹는가? 내일이면

인플레로 열 개를 먹을 수 있는데도?"

그런데 하피즈가 말한다. "친구여, 너는 신의 모습을

　본떠서 만든

새빨간 가짜다. 자, 에트로그를 건네줘."

조하르 앳킨스,
미국 뉴욕

---

*　에트로그 | 이스라엘 원산의 레몬 비슷한 과실. 유태교의 초막절에 사용된다.

I asked myself three things: "If I am not Hafiz, who am

I?

If I am only Hafiz, am I not chopped liver? And

Why eat one etrog now, when

Adjusting for inflation, I could eat ten tomorrow?"

But Hafiz answered me, "You, my friend, are a deep

fake

Created in the image of God. Now pass the etrog."

Zohar Atkins is a poet, rabbi and theologian. He is the author of *An Ethical and Theological Appropriation of Heidegger's Critique of Modernity*(2018) and *Nineveh*(2019).

87

밥 말리의 해가 뜨는 나라에서 왔는데

에트로그로는 좀 부족하지. 대마초라도 있으면 좋겠다.

하지만 숲속의 조용한 산책이 오감을 일깨워준다.

나무들이 속삭이고 새들이 합창하는 소리가 들린다.

그러면 머릿속에 있는 내 친구 밥 말리가 말한다.

"걱정 마. 다 잘될 거야."

알티아 로메오-마크,

스위스 바젤/앤티가바부다/미국령 버진아일랜드

Coming from the islands of Bob Marley's rising sun,

Etrog would not be enough. Perhaps a drag on ganja

would do.

But a quiet walk in the woods wakens senses.

I hear trees speak and birds whistling in choruses.

And Bob Marley, the companion, in my head, says,

"don't worry about a thing, everything's going to be

alright."

Althea Romeo-Mark is an Antiguan-born writer and educator, based in Switzerland.
She is the author of five volumes of poetry, including *If Only the Dust Would Settle*.
In 2009, she was awarded the Marguerite Cobb McKay Prize for poetry.

88

피 같은 장밋빛 세계가 끝난 뒤 나이팅게일은 다시 노
　래하지 않는다, 인류가 없으니까. 오, 하피즈,
초토가 된 땅에 잔학성만이 남았다. 공감으로 고립된
　문명이, 죽어가는 숲과 플라스틱으로 덮인 바다를
　언어만으로 압축했다.
그러니 친애하는 우리 석가모니여, 이제 바둥바둥을
　지나, 철썩거리는 파도를 넘어서 가볼까요?
지속적 감금이 끝나기 전에 폭풍 몰아치는 길을 찾아
　서. 아니면, 석가모니여,
하피즈와 함께 달을 보고 잡음 섞인 콧노래를 불러줄
　래요? 불안정한 와이파이를 통해서?

필립 미어스만,
벨기에 브뤼셀

No nightingale sings afresh in a post-crimson-rose

world because there is no mankind, oh Hafiz, only

cruelty has survived these scorched human ruins. Civ-

ilization, insulated by empathy, encapsulates the dying

trees and plastic paved seas with words and nothing

else.

So, shall we seek past the whomping, through the

whamming, beyond the whacking waves which will

follow

in exploring the wuthering paths of pre-post-contin-

uous confinement, my dearest Buddha? Or will you,

dearest

Buddha together with Hafiz, both just hum static

noise at the moon via a bad WiFi signal?

Philip Meersman is the curator of Poetryfest.brussels and coordinates the
World Poetry Slam Organization. He is the author of *This is Belgian Chocolate:
Manifestations of Poetry* and *There Is Blue Somewhere*.

89

하피즈, 당신의 육체는 단식 수행에 익숙해졌다. 그리
  고 석가모니는 안다,
숨을 멈춘 다음에 들이마시는 공기가 진수성찬임을.
  수면,
빛의 단식. 그러나 인터넷이
우리 눈꺼풀 사이에 끼고 우리 의지를 먹어버리는 시
  대에
누가 고독을 알겠는가, 우리는 서로를 갈망하고 내 몸
  이 아닌 곳에 가고 싶은데. 우리는
링크—우리의 신경종말—를 클릭한다. 마비. 우리는
  계속한다

필리파 야 드 빌리어스,
남아프리카공화국 요하네스버그

Hafiz, your body was used to the practice of fasting.

And Buddha knows,

when we hold our breath the next one tastes like a

banquet. Sleep,

a fast of light, but who knows solitude when the inter-

net

twines itself between our eyelids, feasts on our in-

tent, as we hunger

for each other, desire elsewhere than in our bodies.

We

click on links: our nerve ending. Numb, we carry on.

Phillippa Yaa de Villiers is a writer and performance artist. She is the author of an autobiographical one-woman show, *Original Skin*, poetry collection *Taller Than Buildings*(2006), *The Everyday Wife*(2010) and *Ice Cream Headache in My Bone*(2017).

90

계속한다: 질주하는 달력을 뒤쫓는다
사건들의 흐려진 모양에 정신을 잃고
뿔뿔이 흩어지려는 삶을 붙잡으면서
그러나 이 황폐해진 나날에 와서 감사하게 되었다
팔꿈치 인사에, 믿음직한 이웃사촌들에게,
그리고 아폴론의 예술이기도 한 의학에.

앤드루 윈 오웬,
영국 옥스퍼드

And on: where the calendar hurtles we follow

With stubborn attempts to keep life in one piece,

Engulfed by the bleary gestalt of events

But moved in these wilderness days to be thankful

For bumping of elbows, unwavering neighbours

And medical science, that art of Apollo.

Andrew Wynn Owen is a fellow of All Souls College, Oxford. He received the Newdigate Prize in 2014 and an Eric Gregory Award in 2015 for his poetry. *The Multiverse*, his first collection, was published by Carcanet in 2018.

91

노파가 창턱에 기대서
이 봄 처음으로 바깥 공기를 들이마시고 있다,
인기척 없는 거리 한가운데에는 개 한 마리—
밖과 안이
잊힌 이와 아무도 모르는 이가
오월 초의 햇살 속에서 서로 바라보고 있다.

오스타프 슬리빈스키,
우크라이나 리비우

An old woman leaned on a windowsill,

sticking her nose out for the first time this spring,

and a dog in the middle of a deserted street—

the outside and the inside

the lost and the unfound

are looking at each other in the rays of early May.

Ostap Slyvynsky is a poet, translator, essayist, and literary critic. He published several poetry collections, his most recent one—*The Winter King*(2018). Slyvynsky teaches Polish literature and literary theory at Ivan Franko National University.

92

그래서 바다가 보이지 않는 섬이

배회하는 들개―그녀의 물을 방문하는 이―의 주변을
  둘러본다

물이 보인다, 그 일부는 그녀의 물이다, 하지만 그때
  다시

바다가 보이지 않는 섬,

바닷가에 가지 못하는, 오랜 초조감.

알렉스 웡,
영국 케임브리지

So the island without sea views

        Sees around the wandering mutt

            (Visitor in her waters), waters

      Visible: hers in part.   But then, again,

        The island that has no ocean views, the

        Long-standing vexations regarding beach ac-

cess.

Alex Wong's first collection, *Poems Without Irony*(2016) is now followed *by Shadow and Refrain*(2021)—both from Carcanet. He teaches English Literature at the University of Cambridge.

93

창밖에 있는 난꽃은

누가 만지려고 할 때마다

죽은 척했다

그러나 지금은 만지는 사람이 없다

해가 저물고 죽은 파리가 베란다에 쌓인다

어디 가고 싶은데 그 어디가 없다

경치가 어떤 섬의 불손함을 흉내 내는 이곳이 있을 뿐

마웅 데이,
미얀마 양곤

Orchids outside my window used to pretend they were dead

Each time someone tried to touch them

But no one touches them now

Sun's going down and dead flies pile up on my veran-dah

I want to go somewhere but there's no somewhere

Just this place where the landscape mimics the irrev-erence of an island

Maung Day is a poet, artist and translator. He has published eight books including *There Are Cities in His Scabs*, a collection of prose poems. He has shown his drawings, videos and installations internationally.

94

이 집에 있는 사람, 그들의 섬은 블랙홀. 우리 측에서
　소음을 내고 그 중력을 부수려고 한다. 자기 자신을
　발견하지 못하면
그것은 고독이 아니다. 감촉의 기억에
닿지 못한다. 다시 앉아서
호흡을 더듬어보자. 붙잡자, 이것을, 서로를 붙잡자,
우리를 위로해줄 것들이 다 사라지기 전에

올루미드 포풀라,
영국 런던/독일/나이지리아

The person in this house, their island a black hole. We

try and break the suction with noise from our side. It

is not solitude

when you can't find yourself. The memory of

touch outside reach. Let's sit once more,

follow our breath. Hold, hold this, hold each other,

before the rest of what comforts us too goes some-

where

Olumide Popoola is a London-based Nigerian German writer. She is the author of a novella *This Is Not About Sadness*, a play *Also by Mail*, a novel *When we Speak of Nothing*. In 2004 she won the May Ayim Award for poetry.

95

나도 모르는 사이에 마트에서 섬 몇 개를 통째로 샀다

고독이 일용품을 남겨주었을 것 같아서

돈은 여기 있어요,

빨리 소독해요, 거스름돈은 여기 없어요,

휘둘리지 않는 내 일상, 부패를 소독하는 것의 따스함.

제시카 푸졸 듀란,
미국 프리몬트/스페인(카탈로냐) 마타로

And not knowing we bought entire islands

From the supermarket in case solitude left behind

The products of our everyday—here's money,

Quickly put gel on it; here's lack of change,

My impervious normality, the warmth of sanitising de-

cay.

Jèssica Pujol Duran is a poet, translator and researcher. She is the author of a poetry collection *El campo envolvente*(2021) and editor of the magazine Alba Londres.

96

이러한 세월에 나타나는 것처럼, 입안에

정체 모르는 것에 대한 공포와 경련이 나타난다. 또,

　하피즈,

예기치 못했던 것의 결정체가 어디선가 나타나서 꽃

　핀다.

그러면 우리는 만남으로 향해서 내려간다. 곳곳에서,

아무런 기대도 없이, 함께,

이 친밀한 현실의 순간에, 인색하게.

페드로 세라노,

캐나다 몬트리올/멕시코 멕시코시티

And in the middle of the mouth as if it were, in the middle of these months,

fear and contraction of the unexplored, Hafiz, now again,

coming from nowhere, the crystalized flower of the unexpected.

Then we descend towards the encounter, from every-where,

without anticipation, together,

at this intimate moment of the real, in parsimony.

Pedro Serrano has published five collections of poems, among which *Displacements*(2007) and *Nueces*(2009). He teaches in the Faculty of Philosophy and Letters at the National Autonomous University of Mexico.

97

바닷가에 불빛은 거의 없고
작은 움직임이 있을 뿐
모두가 외로워서
가만히 있는다
모래로 만든 이 신전은
내 안에만 있는 걸까?

스테판 바타이용,
프랑스 마르세유

On the beach, few lights

just a slight movement

everyone in silence

with their loneliness.

Maybe this sand temple

is only inside me?

Stéphane Bataillon is a poet, writer, journalist. He is an author and partner at Éditions Bruno Doucey as well as a member of the editorial board of at Éditions Thélème. He published several poetry collections, among which *Où nos ombres s'épousent–Vivre l'absence.*

98

템펠호프 공항*의 활주로와 활주로 사이에 우거진
여름 잡초 위에 황조롱이가 떠 있는 것을 본 적이 있다
무너져가는 군용기의 신전 위에서 솔개가
바람을 타는 모습을 본 적도 있다
그러나 나는 남쪽에서 섬 세 개 크기의 멋진 겨울 감옥
　에 갇혀 있고
귓속에 모래 소리를 듣고 있다. 하피즈와 새의 언어를
　나누는 게 낫다.
오지만디아스**의 일방적인 선언에 귀를 기울이는 것
　보다는

크리스 프라이스,
뉴질랜드 웰링턴

＊　템펠호프 공항 | 독일 베를린에 있던 공항. 2차 세계대전 중에 군사비행장으로 사용
　　되고 2008년에 폐쇄되었다.
＊＊　오지만디아스 | 고대 이집트의 파라오 람세스 2세의 별명이며 영국 시인 셸리가 쓴
　　소네트의 제목이기도 하다.

I have seen the kestrels hover over long summer

grass

between Tempelhof's decommissioned runways and

the kite-surfers

who ride the air above decaying temples of aviation

there

but now I'm grounded down south in a fine winter

prison the size of three islands

where sand whispers tinnitus in my ears. Better to

share bird words with Hafiz

than tune in to the unilateral declarations of Ozyman-

dias

Chris Price is the author of three poetry collections, as well as the genre-bending 'biographical dictionary' *Brief Lives*. *The Lobster's Tale*, a book-length essay in collaboration with photographer Bruce Foster, is forthcoming from Massey University Press.

99

땅속 깊이 파묻힌 우리는 어떤 새보다

필로덴드론*을 닮았다

위험을 무릅쓰고 쇼핑을 가도

이제 입도 주름도 없다

그래서 궁금하다

베일에 가려진 우리 얼굴에서 새잎이 돋아날까?

마리 일라셴코,

체코 프라하

* 필로덴드론 | 상록 여러해살이풀로 관엽식물로 쓰인다.

Grounded down deep in this soil, the philodendrons

resemble us more than any bird will ever do,

even as we venture out to do some shopping,

no longer possessing mouths or wrinkles,

and so we wonder—

will our veiled faces grow a new leaf?

Marie Iljašenko(1983) was born in Kyiv. She is the author of two collections of poems: *Osip is Heading to the South*(2015) and *St. Outdoor*(2019). She is also a translator and editor.

100

나는 어느 다른 장소들과 맞바꿔 호흡을 얻는다
날개의 모든 깃털 하나하나가—면도날
내 그림자가 목소리들의 바다를 깊이 자르며 간다
고독의 황조롱이가
발톱으로 희망을 움켜쥐고 있다
나의, 그리고 당신의 아이들에게 먹이기 위해.

이오아나 모퍼고,
영국 브리드포트/루마니아

I traffic elsewheres for breath

each wing feather—a razor blade

my shadow cuts deeply across the sea of voices

    kestrel of loneliness

    gripping hope tight in my claws

to feed to my young and yours.

Ioana Morpurgo is a Romanian born writer and social researcher based in UK.
She is the author of three novels: *Record Slip*(2004), *The Immigrants*(2011) and
Shrapnel(2017). Her work explores socio-cultural shifts in the modern world.

2부
한국 시인의 답시

그 순간

문

열

리

는

소리가

났다

101

가로로 길고 눈부신 다뉴브강은 당신의 눈입니다

강물의 미세한 균열에 번지는 야경은 당신의 코입니다

달력을 후련히 넘기는 바람은 속삭이는 당신의 입김입
니다

창문 바깥으로 존재하는 모든 빛은 당신의 존재감입
니다

오늘도, 네 개의 벽에 갇혀 당신을 사랑하는 시대입
니다

이원하,
대한민국 제주

The long-slitted Danube glittering, your eyes

The nightscape soaking into the fine cracks of its wa-

ter, your nose

The wind that hastily turns the calendar, your whispers

And all the lights outside the window are your pres-

ence

Trapped still behind the four walls loving you today,

our time

Born in 1989, Lee Won-ha made his debut in 2018 winning the Hankook Daily's annual spring literary contest. So far published a poetry collection Living Alone in Jeju, I Cannot Drink Alcohol So Much and a collection of essays He Is My Flower, Not Me.

102

거실에는 학교에 가지 못한 아이들 떠드는 소리가 아
니고, 아이들이 틀어놓은 애니메이션의 노랫소리가
아니고, 애니메이션의 주인공을 닮은 아델리펭귄이
현관벨을 누르는 소리가 아니고, 현관문을 여니 플
라스틱과 비닐봉지에 싸인 음식이 삭는 소리가 아
닌,

소리의 간격을 황조롱이가 내처 가로지른다
날개에서 후드득 여름의 빛이 떨어진다

서효인,
대한민국 경기

Not the voices of the children playing in the living room while the school is closed   Not the anime song from the TV they have turned on
Not the doorbell rung by the Adelie penguin who looks like the anime character
Not the sound of food getting rotten inside plastic bags and tapperwares as you open the front door,

But the kestrel, flying through the splits of the sound
Midsummer light dripping from the tips of its wings

Born in 1981, Seo Hyo-in made his debut in 2006 in the journal Poet World. He is the author of poetry collections *Boy Partizan Action Guidelines*, *World War for a Hundred Years*, *The City of Yeosu* and several collections of essays.

103

오늘은 흰 점프슈트를 입었어. 원래는 약속이 있던 날
이었는데. 사과를 다섯 개째 깎는 중이야. 사과를 먹
을 사람이 없는데. 감자 칼을 집어 들었고 감자는 없
었고 사과가 가득해서 사과를 깎고 있어. 속살이 피
부가 된 사과들이 수북이 쌓였어

이 풍경은 종교적이지

영화관. 밤 8시 상영에 다섯 사람이 앉아 있었다. 어둠
에서 한 번 더, 한 번 더, 반복해서 지워지는 중이었
다, 그곳만이 빛이었다

이원,
대한민국 서울

I put on a white overalls today. Never mind the appointment I made for the day. I'm peeling the fifth apple. Never mind nobody is eating it. I'm peeling apples because there were no potatoes but just apples when I picked up the peeler. A pile of apples whose hidden skin now turned into scales

The scene is religious

A movie theatre. Five audiences for the 8 pm screening. They disappeared again and again from the darkness. There was no light except there.

Born in 1968, Yi Won is the author of poetry collections *When They Ruled the Earth, A Thousands Moons Rising Over the River of Yahoo!, The World's Lightest Motorcycle, A History of the Impossible Paper, Let Love be Born,* and *I Am My Gentle Horse with Black And White Spots.*

104

나는 잠시 숨을 멈췄어

혹시 내 숨소리 때문에 네가 보이지 않는 것일까 봐

빛이 들어오는 거실, 정돈된 가구와 식기들, 무심코 슬
　픔이 찾아올 정도로 조용한 시간

차마 창밖을 내다볼 수는 없었어

그 순간 문 열리는 소리가 났어

황인찬,
대한민국 경기

For a moment, I held my breath

I was afraid I might miss you because of the sound of

my own breath

Sunlit living room   neatly placed furniture and

dishes time so quiet it is almost calling for the sorrow

I could not bear to look out the window

Then I heard the door open

Hwang InChan made his literary debut in 2010 with the publication of his poems in the monthly journal *Hyundae Munhak*. He is the author of poetry collections *Washing a Myna, Heejee's World*, and *Repetition for Love's Sake*.

105

세계 전도를 펼쳐놓고
시인은 볏이 찢어진 투계처럼
좁은 방 안을 돌아다닌다
국경과 언어 사이
자음과 모음을 콕콕 쪼면서

신미나,
대한민국 서울

A world map spread over

A poet walking around in a small room

like a fighting cock with a torn crest

Among the national borders and the languages

Pecking at the consonants and vowels

Shin Mi-na made her literary debut in 2007 in The *Kyunghyang Shinmun* daily, winning the annual spring literary contest. She is the author of poetry collections *I called It Sing-go*, and *You take my height*.

106

이것은 여행입니까?

이렇게 먼 곳은 처음이군요.

소설 속에서, 영화 속에서 본 적 있는데

결말이 기억나지 않아요. 거기서도 비가 내리고 눈이
  내리고

겨울이 오고 봄이 오고 한 사람이 죽고

오늘처럼 한 사람이 태어났어요.

강성은,
대한민국 서울

Is this a trip?

I have never had one so far away.

I have seen it in novels and movies but

I can't remember how it ended. It rained and snowed

there as well

the winter came the spring came and one died

and another was born as is today.

Born in 1973, Kang Seong-eun won the Literary Award for New Authors with Munhakdongne in 2005. She published collections of poems *I Slept With My Shoes On*, *Just A Little Weird*, *Lo-fi*, *The Same As Always*, and *But It Snows At Times*.

107

혼자 있을 때 꿈이었던 것이
함께 있을 때 희망이 되었다
꿈은 만남을 꿈꾸고
희망은 고독사하지 않는다
희망찬 꿈과 꿈같은 희망

오은,
대한민국 서울

A dream I saw alone

Became a hope once together with you

The dream dreams about meeting

And the hope will not die a solitary death

A hopeful dream A dreamlike hope

Oh Eun published his first poem in 2002. His poetry collections include *I Had a Name, The Left Hand's Heartbreak, From Existence to Existence*, and *The Pigs of Hotel Tassel*. He won many Literary Awards, including the Daesan Literary Award.

108

애달픈 신기루여,

안의 무한에도 바깥의 무한에도,

흘러간 영원에도 다가오는 영원에도 눈먼 시간이여.

당달봉사의 사랑이여, 모더니티여.

이 위태로운 껍질 아래 대체 무엇이 너이고 무엇이 나
　인가, 하피즈.

이제 어디로 스며들 것이냐.

어느 길로 흘러가 눈먼 우리는 몸 섞을 것이냐,

눈먼 새 아이를 또 낳아 기를 것이냐.

김사인,
대한민국 경기

The desolate mirage!

The blind hour with no sight of infinity, within and without,

of eternity that was cast away and is about to come!

The blind love, the modernity!

Tell me, Hafiz, what makes you as you and I as I under this precarious shell?

In which way will we permeate? Where will we rub each other's skin having lost our eyesights?

And will we bear blind children and raise them again?

Kim Sa-in is a poet, literary critic, and professor of creative writing at Dongduk Women's University. Kim was a visiting professor at Harvard University's Korean Institute. His collections of poems include *The Letter Written at Night*, and *Liking in Silent*.

벗이여, 네가 누구든지 간에
가만히 있어서는 안 된다.
어떤 빛으로부터 다른 빛으로
넘쳐흘러야 한다.

Friend, whatever you are,

you must not stand still:

One must from one light into the other spill.[*]

안겔루스 실레시우스, 17세기 독일의 신비주의적 종교시인.
현재 폴란드에 속하는 브로츠와프에서 태어났다.

[*] 원문은 독일어로 쓰였으며 영문은 가브리엘 로젠스톡이 번역한 것이다.

닫는 말

황조롱이를 쫓아서

이번 '연시'를 시작할 때 이오아나는 앞의 시와의 일관성을 유지하면서 자신의 시법이나 이미지를 살려서 써 달라고 시인들에게 요청했다. 그 사고방식은 오오카 마코토 등이 전통 연가의 정신을 현대에 부활시킨 연시의 정신과 다름이 없다. 하지만 솔직히 말해서 나는 그게 가능할지 의심했다. 세계 각국에서 소집된 100명의 시인이 대부분 서로를 몰랐기 때문이다. 한자리에 앉은 적도 없고 얼굴을 보지도 않으면서 이메일로 시만 주고받다니. 중간에 공중분해가 되겠지. 아니면 '고독'이나 '격리'라는 주제에 구애받은 나머지 난해하고 관념적인 작품이 될지도 모르고.

그런데 놀랍게도 시인들은 훌륭한 팀플레이로 이오아나의 요구에 응했다. 예를 들어 12연에서 16연까지를 보면, 영국 웨일스에서 마시는 사과주 캔에 그려진 화살이 가리킨 하늘(12연)에 사람들을 뜻하는 '떠다니는 구름'이 뜨고(13연), 그 밑에 있는 인도의 대지에서 노동자 몇천 명이 고향을 향해 걸어간다(14연). 거기에는 희망의 노래와 하늘이 꿈꾸는 것(15연)이 있고 그 하늘을 향해 열리는 언어의 창이 있다(16연).

많은 연을 사이에 두고 시인끼리 응답하는 경우도 있었다. 내가 4연으로 "석가모니의 라우터가 보낸 우주의 와이파이"라는 말을 썼는데(그때 내가 살기 시작한 집은 절에 가까워서 가끔 스님이 경을 외는 소리가 들렸다, 와이파이 환경이 안 좋아 몇 번 라우터를 바꾸기도 했었다), 88연에서 벨기에 시인이 "친애하는 우리 석가모니여, 이제 바둥바둥을 지나, 철썩거리는 파도를 넘어서 가볼까요?/ 지속적 감금이 끝나기 전에 폭풍 몰아치는 길을 찾아서. 아니면, 석가모니여,/ 하피즈와 함께 달을 보고 잡음 섞인 콧노래를 불러줄래요? 불안정한 와이파이를 통해서?"라고 받아주었다.

그런가 하면, 50연에서 라트비아의 여성 시인이 "당신의 이름을 발견하고 나는 20연으로 뛰어들었어요/ 그리고 맹세했지요, 다시는 빈 침대로 돌아가지 않겠다고"라고 썼다. 20연을 쓴 사람은 터키의 매력적인 남성 시인인데, 두 사람 사이에 무슨 일이 있었을까.

100명이 쓴 100편의 시가 염주의 알이라면 그것을 하나로 묶는 실은 하피즈와 황조롱이일 것이다. 신비주의 시인 하피즈의 작품은 페르시아 문학의 최고봉으로, 지금도 그곳 사람들은 하피즈의 시집을 이용해서 점을 보기도 하고 일상 회화에 그의 시를 자주 인용한다. 모든 집에 한 권쯤은 하피즈 시집이 있다고 할 정도다.

황조롱이는 몸길이 30~40센티미터, 날개 길이 65~80센티미터쯤 되는 맹금류다(한국에서는 전국 어디서나 볼 수 있는 텃새로 천연기념물 323-8호로 지정되어 있다). 전체가 적갈색이고 검은 반점이 있다. 일본에서도 겨울에는 전국 각지에 도래한다고 하는데, 나는 이 새에 대해 전혀 몰랐다.

하피즈는, 연시의 서두에 놓인 후에도 되풀이해 등장한다. 황조롱이 또한 2연에 나타나고 7, 9, 12연에도 나타났다가 홀연히 사라진다. 그러고는 이제 다시 못볼 줄 알았는데 98연에서 템펠호프 공항 상공에 돌아와 있다. 그리고 이오아나의 시로 연시가 마무리된다.

네 고독을

너무 쉽게 놓지 말라

더 깊이 베어라

_권두시로 인용된 하피즈의 시

내 그림자가 목소리들의 바다를 깊이 자르며 간다

고독의 황조롱이가

발톱으로 희망을 쥐고 있다

나의, 그리고 당신의 아이들에게 먹이기 위해.

_이오아나가 쓴 100연 부분

하피즈도 황조롱이도 다 고독한데 그 존재 양식은 정반대다. 하피즈는 평생 한곳에 살면서 깊은 사색으로 정신의 심연까지 내려갔다. 황조롱이는 끝없는 하늘을 향해 어디까지나 일직선으로 날아간다. 그것은 마치 고독 속에서 말을 짜내면서 시공을 넘어 타자他者 혹은 초월자를 만나는 '시 쓰기'의 본질을, 정신의 수직성과 언어의 수평성으로 상징하는 것 같다. 누가 지시한 것도 아니고 의논한 것도 아닌데 이러한 메타포가 자연스레 나타난 것은 경탄할 만하다. 그러나 그것은 결코 기적도 우연도 아닌, 지성의 바탕 위에 시적 상상력을 갖춘 호모사피엔스의 숙명이자 필연일 것이다.

이 연시의 또 하나의 매력은, 북유럽이나 러시아에서부터 아프리카, 중근동, 오세아니아, 남미에 이르기까지, 세계 각지에 사는 시인들의 이름과 거주지가 무척 다채로운 점이다. 레이캬비크에서 꾼 꿈속에서 느낀 살결의 감촉(41연), 숱한 단어를 걸친 인도의 공작새(56연), 서로 다른 트램펄린 위에서 날뛰는 모스크바의 두 소녀(61연), 카메룬의 절벽(66연), 가나의 정원을 나는 새(80연), 소설 속의 풍경 묘사처럼 느리게 진행되는 이스라엘의 삶(83연), 미얀마의 베란다에 있는 죽은 파리(93연)……. 코로나 사태가 지구 전체의 문제임을 새삼 생각하게 된다. 그것과 동시에 아직 가본 적이 없는 먼 땅에 대한 동경이 일어난다. 어릴 때 지구본을 돌리며 몽상하던 때처럼. 그리고 깨닫는다. 이 사태가 끝나기 전에는 그곳들을 방문할 수 없다는 사실을. 그러면 동경은 떠남에 대한 타버릴 것 같은 욕망으로 바뀐다.

흥미롭게도 나를 포함해서 많은 시인이 두세 개의

장소를 자신의 거주지로 들고 있다. 미국과 스페인, 영국과 독일과 나이지리아, 스위스와 버진 제도, 대만과 미국, 미국과 파키스탄, 미얀마와 방글라데시, 이탈리아와 코스타리카, 아이슬란드와 브라질과 이탈리아, 세르비아와 독일, 영국과 카메룬, 스페인과 남아공, 터키와 헝가리, 미국과 러시아, 프랑스와 레바논, 프랑스와 몰타, 영국과 멕시코, 영국과 이란, 미국과 라트비아, 독일과 뉴질랜드 등등.

고국을 떠나 외국에 사는 시인이 얼마나 많은지 알 수 있다. 그중에는 구사일생으로 고향에서 도망쳐 나온 사람, 다시는 돌아갈 수 없는, 돌아가고 싶지 않은 사람도 있을 것이다. 나처럼 오랫동안 외국에 살다가 모국으로 돌아온 사람도 있을까? 둘 이상의 지명 뒤에는 숱한 이동과 월경이 겹쳐 있다. 모국어와 외국어로 찢어진 자아와, 그 사이에 있는 골짜기 밑바닥에 웅크린 자아가 있다. 코로나 사태로 도항이 제한된 것은 그들의 창작에 직접적인 영향을 주는 심각한 사건이었을 것이다. 그러나 코로나 사태가 시작하기 훨씬 전부터 그들은 물리적인 거리를 시로 극복하는 방법을, '고독'과 '격리'를 넘어 타자와 만나는 비의秘儀를 찾고 있었던 것 같기도 하다.

시인들이 자신의 시를 낭독하는 모습은 인터넷으로 볼 수 있다. 시인의 얼굴을 보고 목소리를 듣고 그들의 방을 들여다보면서 이 책을 보는 것도 재미있을 것이다.

연시가 일단 완성된 후, 이번에는 한국 시인 여덟 명이 각기 짧은 시를 써서 100명에게 응답해주었다. 그들의 시에서 황조롱이와 하피즈를 다시 만난 것도 무척 반가웠다. 여덟 편의 단시는 100명이 보낸 시에 대한 답가 혹은 반가返歌임과 동시에 한 편의 긴 시를 마무리하는 역할도 하고 있다.

100명의 연시 속에서 되풀이되어 표현된 답답함과 바깥 세계에 대한 갈망이, 여기서도 코다coda처럼 울린다. 한국에서도 아직 행동이 제한되고 있어서 그럴까? 아니면 현실과는 상관없이, 집에 틀어박히는 생활 양식이 사람들의 집합적 의식에 새겨져버렸는지도 모르겠다. 아마 그것 때문에 한국 시인들의 작품 속에 반짝이는 '밖'의 빛이, 바다와 언어를 넘어서 우리 가슴에 이렇게도 아름답게, 또 절실하게 와닿는 것이다.

김사인은 "이 위태로운 껍질 아래 대체 무엇이 너이

고 무엇이 나인가, 하피즈./ 이제 어디로 스며들 것이냐"(108연)는 질문을 던졌다. 코로나바이러스가 돌기 시작한 지가 2년이 지나가는데 감염은 여전히 확대되고 있다. 새로운 변이 바이러스가 나타날 때마다 대체 언제 이 사태에서 해방될지, 암담한 기분이 든다.

그럴 때 나는 하늘을 올려다본다. 그러면 거기에 황조롱이가 보인다. 시의 날개를 펴고 다섯 바다와 일곱 대륙 위를 날아가는 외로운 그림자. 그 비상이 공간적이고 시간적임을 나는 안다. 하피즈가 고독에 대한 시를 쓴 700년 전에도, 성 요한 클리마쿠스가 40년간 은둔한 1,400년 전에도, 석가모니가 이 땅의 괴로움과 해탈에 대해서 가르친 태고에도, 우리의 머리 위에는 늘 황조롱이가 있었다. 우리가 떠난 뒤에도 그 그림자는 거기에 있을 것이다. 설령 감염력이 더 강한 신종 바이러스가 나타난다 해도, 인간끼리 미워하고 다투기를 되풀이해도, 폭주하는 과학기술과 자본에 대한 욕망이 문명을 파멸시켜도, 그 하늘의 높은 곳까지는 닿지 못할 테니.

이 책을 통해 한 마리 황조롱이를 당신과 나눠 가질 수 있으면 좋겠다.

2022년 1월 도쿄에서

요쓰모토 야스히로四元康祐

옮긴이

요시카와 나기

번역가. 오사카에서 태어났다. 인하대 국문과 대학원에서 박사학위를 받았다. 저서로 《경성의 다다, 동경의 다다》가 있으며, 한국에서 출간한 번역서로 다니카와 슌타로 시집 《사과에 대한 고집》, 사노 요코와 최정호의 《친애하는 미스터 최》 등이 있다. 일본에서는 최인훈의 《광장》, 박경리의 《토지》 등의 소설과 정지용, 신경림, 오규원, 김혜순 시인의 작품을 번역하여 소개했다. 김영하 소설 《살인자의 기억법》의 번역으로 제4회 일본번역대상을 받았다.

요쓰모토 야스히로

시인. 1959년 오사카에서 태어났다. 1986년에 미국으로, 1994년에 독일로 이주했다. 1991년 첫 시집 《웃는 버그》를 출간했다. 《세계중년회의》로 제3회 야마모토 겐키치상, 《금지된 언어의 오후》로 제11회 하기와라 사쿠타로상, 《일본어의 죄수》로 제4회 아유카와 노부오상을 수상했다. 그 이외에 시집 《단조롭게, 똑똑, 상스럽고 난폭하게》, 《소설》, 소설 《가짜시인의 기묘한 영광》, 《전립선 시가일기》, 평론집 《시인들이여!》, 《다니카와 슌타로 학》 등이 있다. 2020년 3월, 34년 만에 일본에 귀국했다.

그 순간 문 열리는 소리가 났다
AIRBORNE PARTICLES

ⓒ안온북스, 2022

초판 1쇄 발행 2022년 2월 28일

지은이 김사인 외 107명
옮긴이 요시카와 나기·요쓰모토 야스히로
엮은이 이오아나 모페고

펴낸곳 (주)안온북스   펴낸이 서효인·이정미   출판등록 2021년 1월 5일
제2021-000003호   주소 서울시 마포구 신촌로2길 19 320호
홈페이지 www.anonbooks.net   인스타그램 @anonbooks_publishing
디자인 오혜진   제작 제이오

ISBN 979-11-975041-8-1 03840